Dans la toile du Serial Killer (Tome 3)

Entrez dans les profondeurs du true crime à travers 10 histoires terrifiantes de tueurs en série et d'affaires judiciaires qui ont marqué l'histoire

Jean-Marc Monty

Selon le code de la propriété intellectuelle, copier ou reproduire cet ouvrage aux fins d'une utilisation collective est formellement interdit. Une représentation ou une reproduction partielle ou intégrale, quel que soit le procédé utilisé, sans que l'auteur ou ayant droit n'ait donné son accord, relève d'une contrefaçon intellectuelle aux termes des articles L.335 et expose les contrevenants à des poursuites.

Première Édition 2024.

Copyright : Le Corbeau Édition.

Sommaire.

Introduction...1

David Parker Ray: Le Toy-Box Killer.........................5

Dean Corll : Le Monstre de Houston. 17

Donald Harvey : L'Ange de la Mort. 31

Dorothea Puente : La Dame de la Mort.................45

L'Énigme de Dr. Thomas Neill Cream.....................57

Fritz Haarmann : Le Vampire de Hanovre..............71

Gilles de Rais : Le Baron Sanguinaire.....................83

Gordon Northcott : Le Cauchemar de Wineville.....95

Ian Brady et Myra Hindley : les meurtriers des Moors...107

Jerry Brudos : Le Fétichiste des Chaussures. 119

Épilogue. 131

Introduction.

Chers passionnés de « true crime »,

Alors que vous entamez ce nouveau volet de notre saga « dans la toile du Serial Killer », préparez-vous à plonger dans l'univers fascinant et terrifiant des tueurs en série. Si les deux premiers volumes vous ont conduit à travers les méandres de l'esprit criminel, ce troisième opus vous invite à explorer des territoires encore plus sombres. Ici, la réalité s'entremêle avec les aspects les plus troublants de l'âme humaine, révélant des histoires qui défient notre compréhension de la morale et de la justice.

Dans ce volume, vous serez confronté à de nouveaux récits, chacun dévoilant les profondeurs abyssales de l'esprit de tueurs en série encore plus mystérieux et effrayants. Chaque chapitre vous plonge dans un univers où l'impensable devient réalité.

Ce livre continue de tisser le fil d'une exploration minutieuse et souvent déconcertante des profondeurs de la psychologie criminelle. Vous découvrirez non seulement les actes monstrueux de ces figures du mal, mais aussi les circonstances et les troubles psychologiques qui les ont poussés à franchir la limite ultime de l'humanité.

Ce périple au cœur des ténèbres est une invitation à réfléchir sur la nature du mal, sur les failles de notre société et sur notre propre capacité à comprendre et à réagir face à l'inconcevable. Ces histoires, aussi difficiles soient-elles, sont essentielles pour nous rappeler que derrière chaque crime se trouve un drame humain complexe et tragique.

À travers ce troisième volume, nous vous proposons non seulement des récits captivants, mais aussi une opportunité d'approfondir votre compréhension des serial killer. Ce livre est une fenêtre ouverte sur la complexité des crimes les plus sombres, une exploration qui, nous l'espérons, vous laissera avec une conscience plus aiguë de la fragilité de la condition humaine et un désir renouvelé de chercher la vérité.

Soyez prêt à affronter les ombres les plus profondes de l'âme humaine. Ce n'est pas seulement la découverte de faits, mais une invitation à une compréhension plus profonde de ce qui nous rend humains.

PS : Avant d'entamer véritablement votre lecture, permettez-moi de vous offrir quelque chose d'inédit ! Vous nous avez fait confiance en achetant ce livre et nous aimerions vous remercier en vous offrant une histoire audio exclusive : « Le Chasseur Hivernale » !

Plongez dans une dimension supplémentaire du true crime avec cette histoire audio captivante, racontant en détail les actes de l'un des tueurs en série les plus énigmatiques qui ai existé. Cette narration immersive vous transportera directement sur les lieux des crimes, vous faisant vivre l'histoire avec une intensité rarement atteinte à travers la lecture seule.

Pour recevoir <u>GRATUITEMENT</u> votre histoire audio **« Le Chasseur Hivernale »**, il vous suffit de scannez le QR code de la page suivante.

C'est notre façon de vous remercier pour votre intérêt et votre passion pour les récits de true crime. C'est également une invitation à explorer plus profondément ce monde complexe et intrigant.

Je vous laisse maintenant reprendre votre lecture.

Bienvenue dans « La toile du Serial Killer Tome 3 », que cette lecture vous apporte des perspectives nouvelles et profondes. Bonne lecture et bon voyage au cœur de l'obscur.

David Parker Ray: Le Toy-Box Killer.

Dans le sud-ouest aride et dévoré par le soleil du Nouveau-Mexique, entre les montagnes et un lac, réside la petite localité à l'écart du monde d'Elephant Butte, simple bourgade, lieu de calme apparent pour le vacancier hâtif égaré là par le jeu du hasard ou la curiosité des cartes routières. Paysages splendides, citoyens dotés d'un accueil chaleureux, tout semblait pacifique, paisible, hors de la folie des grandes villes.

Mais derrière cette façade idyllique se cachait un mal sans nom, une sombre plaie qui allait ébranler cette communauté jusqu'à son tréfonds. Son nom : David Parker Ray. Cet homme tranquille, à l'allure anodine, cachait sous ses traits l'antre d'une bête immonde, sans compassion ni empathie pour la race humaine.

Né et élevé dans les entrailles de cette même bourgade, David était le fruit d'un mariage instable. Son père, violent et brutal, se livrait à des actes barbares sur sa mère, femme soumise et impuissante face au monstre qu'elle avait épousé. David était le témoin muet de ces violences nocturnes, ne pouvant que se terrer au fond de son placard, recroquevillé autour de ses maigres genoux d'enfant, murmurant des prières pour que cessent les coups et les cris. Son père, ce lâche, ne se limitait pas à sa mère. La nuit, alors que le silence semblait s'être emparé de la maison, le monstre sortait de sa tanière pour satisfaire sa soif insatiable de souffrance.

Il n'y avait nulle oasis de paix pour David, qui davantage qu'un fils, était réduit à un punching-ball, un jouet au gré des envies nocives de ce père. La violence devint sa réalité, l'inhumanité son quotidien, et la torture son unique univers. Prisonnier d'une déchéance parentale, il se réfugia dans le silence, absorbant les horreurs de son environnement. Les années passèrent, sans apporter la moindre once de douceur. Au contraire, marquées par une escalade de cruauté, elles fondèrent la personne qu'il allait devenir.

À l'école, David était un élève des plus discrets. Il ne se mêlait pas aux autres enfants, préférant la solitude à l'effervescence des cours de récréation. Seul son frère, qui partageait le même calvaire, semblait capable de comprendre l'enfant torturé qu'il était. L'instituteur, bien aimable, n'y voyait qu'un enfant introverti. Pareil à une solution en attente d'un catalyseur, David grandit dans cette atmosphère pernicieuse. L'absence d'intervention, le silence des voisins, l'ignorance des autorités... tout concourait à la formation du monstre qui sommeillait en lui.

L'histoire tragique de David Parker Ray était lancée, poussée par les vents funestes d'une enfance dénuée de toute humanité. Elephant Butte, paisible et tranquille localité, allait bientôt découvrir que le mal était déjà en son sein. Et personne, absolument personne, ne pouvait présager de la tempête qui se préparait.

Ainsi, ce ténébreux environnement ouvrit la voie à une extraversion pessimiste et accablante de la personnalité de David Parker Ray. Sa tendance à l'alcoolisme et ses fréquentations douteuses étaient perceptibles depuis le lycée, signalant un jeune homme qui tendait inexorablement vers une vie de misère, d'isolement et de violence. À l'âge de 16 ans, David s'échappa de cet enfer familial et se mit en quête d'un exutoire à sa spirale d'autodestruction.

Il trouva refuge dans l'armée, espérant échapper au monstre familial qui le hantait. Sa nouvelle carrière militaire, au lieu d'apporter la discipline et la structure nécessaires à un esprit tourmenté, ne fit que renforcer ses sombres pulsions. C'est dans cet environnement rigide que David perfectionna sa connaissance des techniques de torture et de manipulation psychologique. Au cours de ses rares permissions, il remettait en pratique son art dans les quartiers malfamés de la ville, cherchant des victimes parmi les marginaux et les fugueuses. Chaque retour dans la mundane Elephant Butte était un mélange effrayant de normalité et d'horreur, les habitants insouciants tous inconscients du monstre qui vivait parmi eux.

Avec le temps, David construisit un terrifiant hôtel de la torture qu'il appelait sa "Toy Box". Un mobile-home obscur et sans fenêtre, équipé de tout le matériel nécessaire pour satisfaire ses obscurs désirs. De la table chirurgicale au miroir suspendu au plafond, chaque article de cette collection d'horreur avait été soigneusement choisi pour offrir à David le spectacle ultime de douleur et de peur. Il séduisait ses victimes sous le couvert de la normalité, parfois avec l'aide de sa compagne, Cindy Hendy, qui partageait et encourageait ses penchants sadiques. Le piège se refermait ensuite avec une précision glaciale. Droguées et emprisonnées, les victimes se réveillaient dans l'antre de la terreur de David, soumises à ses sombres désirs pendant des jours, voire des semaines.

Cependant, à l'image de la quiétude trompeuse de la ville, l'implacable routine de David rencontrait une interruption. En mars 1999, une victime réussit à s'échapper de son enfermement. Nue et sanglante, elle courut jusqu'à une maison voisine, alertant les autorités de la présence d'un prédateur. L'arrestation de David Parker Ray secoua la paisible bourgade d'Elephant Butte. Les habitants assistèrent, terrifiés et incrédules, à la découverte des crimes horribles qui se déroulaient à quelques pas de leurs propres demeures. Le monstre de leurs cauchemars avait vécu parmi eux, à la lumière du jour. L'histoire sanglante de David "The Toy Box Killer" Parker Ray était encore loin d'être entièrement révélée ; de plus sombres vérités attendaient encore d'être dévoilées. Cachées sous le paisible soleil du Nouveau-Mexique, ces terribles réalités allaient changer à jamais le visage de la petite Elephant Butte.

La réputation sulfureuse de David Parker Ray, quoique lourde de secrets sinistres, était connue de bien des habitants d'Elephant Butte. Il avait la réputation d'être un marginal, un excentrique, mais derrière sa grise allure quotidienne, c'était une véritable tempête de violence qui grondait. Le glissement progressif vers les ténèbres de Ray avait commencé. Dans la chambre d'horreur de David Ray, chaque détail avait été soigneusement pensé et conçu pour provoquer le plus de terreur et de douleur possible. À l'intérieur du conteneur, l'air était étouffant, fétide. Des chaînes pendaient du plafond, et divers instruments de torture étaient disséminés un peu partout dans l'espace restreint. Pendant ce temps, les preuves commençaient à s'accumuler contre Ray, et l'on pouvait sentir monter une tension presque palpable dans la petite communauté. Les disparitions de femmes se faisaient de plus en plus fréquentes, et même si certaines d'entre elles étaient initialement attribuées à la délinquance ou à l'errance, les coïncidences devenaient particulièrement troublantes.

Ray avait en sa possession une hache, un livre de médecine vétérinaire, des aiguilles, des tranquillisants, des armes à feu, tout l'attirail nécessaire à l'exécution de ses actes macabres. Les policiers locaux, malgré leurs soupçons, n'avaient pas assez de preuves pour l'arrêter, car Ray était habile à couvrir ses traces et à garder ses victimes silencieuses grâce à une terreur psychologique implacable.

Inquiet, Ray a commencé à dire à ses amis proches qu'il pensait que la police était sur ses traces. C'était un homme paranoïaque, qui se méfiait de tout le monde, sauf de ses complices. Ses alliances douteuses ont été férocement scrutinée, et le fait qu'un membre de sa famille ait aidé à perpétrer ses atrocités a été dévoilé aux yeux de tous.

Les habitants de la ville ont commencé à se rassembler, à chuchoter dans les coins des cafés et des parcs, alimentant des rumeurs inquiétantes. Chaque femme était sur ses gardes tandis que chaque homme devenait un suspect potentiel. La ville était sous tension, sentant sourdre une menace insidieuse mais indéfinissable. La petite structure apocalyptique de Ray avait drainé l'énergie de cette petite ville, jusque-là paisible, qui se trouvait désormais au cœur d'une tempête violente et sanglante. Le miroir terni de l'humanité était brandi devant leurs yeux, et ils ne pouvaient le voir sans frissonner. Les premières victimes de Ray ont commencé à parler, dévoilant des histoires sinistres d'abus, de torture, mais ces confessions ont été largement ignorées, considérées comme les divagations de femmes égarées ou sous l'emprise de la drogue. Il restait encore pas mal de chemin à parcourir avant que la montée fulgurante de la terreur dans cette petite ville du Nouveau-Mexique n'atteigne son paroxysme. La réalité de l'horreur, bien que palpable, n'avait pas encore été dévoilée dans toute sa monstruosité.

Comme une goutte d'eau gelée dans une mer bouillante, la peur se répandait en Elephant Butte, surgissant sans crier gare, sa présence devenait oppressante. Depuis des mois, les habitants avaient l'impression de vivre un cauchemar éveillé.

Des femmes disparaissaient discrètement dans l'ombre, et le poids inexpliqué de l'absence commença à peser sur la ville. La peur s'était infiltrée dans leur vie quotidienne aussi sûrement que le sable s'insinue entre les orteils.

C'était un jour ordinaire lorsqu'une femme, effrayée et blessée, fit irruption au commissariat local, son visage marqué par la terreur de l'enfer qu'elle venait de vivre. Elle raconta aux officiers abasourdis une histoire d'emprisonnement, de torture, de crimes d'une brutalité inimaginables qui émanaient d'une remorque aux allures de boîte à jouets, appartenant à un homme nommé David Parker Ray. La police, secouée par cette révélation effroyable, lança une perquisition dans la propriété de Ray.
À leur arrivée, la maison de Ray, perdue dans le paysage désertique, donnait une fausse impression de tranquillité rustique. Mais au moment où ils ouvrirent la porte de la remorque macabre, l'horreur de la réalité les frappa comme un éclair. La boîte à jouets de Ray, havre de

perversion et de maltraitance, était un labyrinthe grotesque de souffrance et de dégradation. Une odeur de métal froid, de peur et de décomposition assaillit leurs narines. La gravité de la situation fut comme un coup de poing à l'estomac. Des dessins griffonnés à la va-vite sur les murs, dévoilaient des scènes détaillées de torture et de violence. L'étau se resserrait autour de Ray.

Quand il fut arrêté, son masque de normalité se fissura, révélant la face sombre d'un prédateur. Ray ne semblait pas surpris, il avait l'air presque satisfait, comme si cette confrontation avec la justice elle-même était un spectacle auquel il avait hâte d'assister. Alors que les menottes se refermaient sur ses poignets et que son regard croisait pour la dernière fois celui des membres apeurés de la ville d'Elephant Butte, une question résonna dans leur esprit : Comment un homme peut-il être capable d'avoir commis de tels actes sur des autres êtres humains ?

A cette question, seul le silence effroyable et déconcertant se fit entendre. Les ultimes chapitres de l'horreur commise par David Parker Ray étaient étendus au grand jour dans le prétoire de la justice. Les jurés, durement éprouvés par les témoignages des survivantes, regardaient avec effroi cet homme chétif, dont le regard persistant traduisait une absence totale de remords. Avec une distanciation glaçante, Ray assistait à son propre procès, révélant peu à peu la noirceur impitoyable de son âme. Le huis clos, imperturbable malgré l'horreur incompréhensible des récits, donnait une scène aux victimes, des femmes marquées à jamais par un sadisme démesuré.

Cynthia Vigil, échappée miraculeuse de l'enfer de Ray, racontait son calvaire avec une fermeté qui impressionnait l'assistance. En vérité, pour elle comme pour les autres, l'impératif n'était plus de survivre, mais de vivre. Aucune sentence ne semblait suffisante pour punir les crimes de cet homme, transformé par sa nature vicieuse en monstre. Comment rendre justice à ces femmes, dont la vie avait été brisée ?

Le procès de Ray mettait en lumière la défaillance de la société face à des individus tantôt invisibles, tantôt insignifiants, finalement déviants. Condamné à 224 ans de prison, Ray quittait l'arène de la justice, non sans avoir jeté un dernier regard froid au tribunal.

A Elephant Butte, la vie continuait, malgré le poids de cette sinistre affaire. Au-delà du drame individuel, le cas de Ray révélait une tare sociétale : l'indifférence, voire l'impunité offerte à ceux qui agissent à la marge de la loi. Comment un homme a-t-il pu commettre de tels crimes sans jamais éveiller l'attention ?

La question restait en suspens. L'histoire de David Parker Ray est un miroir sombre tendu à notre société. Elle questionne notre faculté à ignorer le mal qui sévit autour de nous, à nous contenter de l'apparence paisible de nos communautés, à admettre que des monstres se cachent parfois derrière des visages familiers. L'inconfort indéniable soulevé par ces crimes résonne comme un mal nécessaire, nous rappelant que dans l'ombre silencieuse, le mal imprègne, insidieux, les tréfonds de l'humanité. Les cris silencieux des femmes de Ray nous rappellent l'importance d'écouter, de ne pas fermer les yeux face à l'injustice, quelle que soit sa forme. La justice ne réside pas seulement dans la peine infligée à un coupable. Elle réside aussi dans notre capacité à prévenir et à combattre la violence dans toutes ses manifestations. S'il nous est insupportable de contempler la noirceur de l'homme, la leçon de l'histoire de David Parker Ray demeure essentielle : nous ne devons jamais ignorer le mal, ni lui tourner le dos. Car le silence et l'indifférence sont les alliés les plus puissants de l'injustice.

Et ainsi, les meurtrissures laissées par les crimes de Ray continuèrent de marquer Elephant Butte. Une cicatrice, un rappel perpétuel des ténèbres que peut porter l'homme. Une histoire qui ne doit jamais être oubliée.

Note de réflexion : L'impact d'une enfance troublée sur le développement d'un monstre.

Dans l'histoire de David Parker Ray, une question cruciale vient à l'esprit : comment et pourquoi un être humain en arrive-t-il à s'engager dans des actes d'une telle atrocité inimaginable ? La réponse se trouve, du moins en partie, dans l'examen de son enfance et de sa jeunesse, une période cruciale de la formation de sa personnalité et ses fantasmes futurs.

Ray a grandi dans un environnement violent et négligent, une enfance dans laquelle la maltraitance et la dégradation étaient des événements quotidiens. Ces expériences traumatisantes ont assurément contribué à façonner ses inclinations macabres plus tard dans sa vie. La privation de l'innocence, de l'amour, ainsi que les actes de violence subis pendant son enfance pourraient être les racines qui ont engendré le monstre qu'il est devenu.

Cela pose aussi une profonde question sur la responsabilité sociétale envers les enfants et comment la maltraitance et la négligence peuvent changer tragiquement la trajectoire de leur vie. L'histoire de Ray est certes terrifiante, mais elle est aussi une puissante leçon sur l'impact dévastateur qu'une enfance négligée et maltraitée peut avoir. Son histoire doit servir de rappel sur l'importance des interventions précoces pour les enfants exposés à la violence et à la négligence, pour prévenir la naissance de futurs 'David Parker Ray'.

Dean Corll : Le Monstre de Houston.

La ville de Houston s'éveille dans le Texas du début des années 1960, baignée par un soleil radieux qui se reflète sur les façades multicolores des jolies maisons éparpillées autour des routes sinueuses. Une brise légère soulève les rideaux blancs à travers les fenêtres largement ouvertes des maisons, portant avec elle les doux sons de la vie qui commence dans ce coin sudiste de l'Amérique.

Au loin, l'agitation douce du centre-ville éveille une ruche d'activité commerciale, l'odeur du café frais mélangée à celle du pavé humide. Là-bas, au cœur de l'agitation, se trouvait l'usine de confiseries de Corll, un petit bâtiment avec une enseigne « Corll Candy Company » à l'avant.

Le propriétaire, un dénommé Dean Corll, était un homme grand et d'apparence robuste, aux mains abîmées par le travail et au sourire chaleureux. Sa réputation l'avait précédé. Un homme courtois, inoffensif, toujours prêt à rendre service. Il menait une vie simple, rythmée par la production des friandises qui faisaient le bonheur des enfants. Et pourtant, une ombre planait sur cette tranquillité idyllique. Les sourires innocents des enfants se volatilisaient, les laissant introuvables. Les rues animées jadis de leurs cris joyeux devenaient silencieuses à mesure que la disparition des enfants intensifiait son étau sur Houston. Un mystère ne cessait de s'agrandir, les disparitions s'accumulant jusqu'à devenir la litanie muette d'une ville en émoi. Dean Corll, malgré la déception, n'était pas un homme qui restait insensible à l'inquiétude grandissante qui enveloppait sa ville. Il comprenait la douleur des parents dont les enfants avaient disparu, mais à sa manière, Corll restait optimiste. Son monde était celui de la friandise et du bonheur partagé, sa vie entièrement dévouée à apporter l'espièglerie des enfants dans chacun de ses bonbons.

À la lisière de cette douceur apparente émergeait cependant un aspect plus sombre de Corll, ignoré de tous : une étrange fascination pour la compagnie des enfants. Des rues pleines de gamin rejoignaient souvent Corll dans son usine de bonbons pour un goûter gratuit. Il y avait ces adolescents, en particulier, Elmer Wayne Henley et David Brooks. Deux âmes désorientées, cherchant une évasion dans la vie généreuse de Corll, cédant à son sourire dissimulant une malice inconnue.

Et alors que la poussière dansante de Houston disparaissait lentement sous une étoile de Texas, quelque chose de sombre se profilait à l'horizon de cette existence banale, des sourires chaleureux et déconcertants qui masquaient une réalité bien plus effrayante. Un cauchemar menaçant de briser la tranquillité de la communauté locale, qui était si bien dissimulé qu'il semblait à peine possible que le mal ne puisse jamais nous atteindre dans un endroit aussi inoffensif.

Et avec cela, Houston tomba dans une nuit interminable, totalement ignorante du cataclysme qui commençait à luire à l'horizon…Pendant les années qui suivirent, la relation complexe entre Corll, le bon Samaritain local, et les deux adolescents, Henley et Brooks, se cristallisa progressivement. Il avait quelque chose en lui, un pouvoir invisible qui semblait les attirer comme des mouches à un pot de miel. Peu à peu, il se transforma en une sorte de figure paternelle, offrant à ces âmes vides une perspective qui transcende l'ennui de leur quotidien. Mais cet édifice semblait chanceler dans les ténèbres, à la lisière de l'horreur indicible.

Les soupçons grandirent lorsque Brooks, l'adolescent le plus dévoué et le plus proche de Corll, apparut souvent absent des cours et mit fin à sa scolarité à un âge précoce. Les questions se posèrent, mais comme souvent, elles restèrent sans réponse, noyées dans les échos d'une affection indéfinissable.

Aux faits ordinaires de la vie quotidienne succédèrent des incidents étranges et déconcertants. Des outils de construction qui disparaissaient pour réapparaître dans des endroits inattendus, des bruits mystérieux venant de l'usine de confiseries la nuit – des sons qui n'avaient rien de la douce mélodie des machines à bonbons. Le soleil déclinant de Houston rayonnait toujours la chaleur, mais une sorte de froid sinistre semblait envelopper le cœur de la ville. Le bonbon, symbole autrefois doux-amer d'une enfance insouciante, commençait à recueillir des souvenirs nettement plus sombres. Puis vinrent les aveux. Sous l'influence de substances illégales, Wayne Henley, en marge d'une soirée dépravée, évoqua l'existence d'un lieu secret dans l'usine de confiserie Corll. Un endroit où des choses horribles se passaient, des actes que la conscience humaine avait du mal à envisager. Des aveux balayés sous le tapis par l'incrédulité, étouffés par les sourires chaleureux de Corll et l'innocence des confiseries colorées. Si seulement ces mots avaient été pris au sérieux, si seulement on avait écouté les murmures faibles de la vérité essayant de se frayer un chemin parmi les accusateurs. Les parents, déjà dévastés par la disparition inexpliquée de leurs enfants, se retrouvaient à nouveau face à une brutalité indicible alors que le nombre de disparitions augmentait de façon terrifiante. Les rues de Houston perdaient leur joie et leur animation, et chaque bonbon vendu par Corll semblait désormais rappeler un chagrin toujours grandissant.

Dans la marmite bouillonnante de la communauté de Houston, un ragoût de peur et de paranoïa mijotait lentement. Les souvenirs de bonbons gratuits se dissipaient, et une sinistre vérité commençait à prendre forme. Le Monstre de Houston se révélait lentement, répandant une ombre obsédante sur les rues jadis insouciantes. Au cœur de cette tempête grandissante, Dean Corll souriait toujours, continuant à jouer son rôle de l'homme bon et généreux. Mais pour combien de temps encore ce sourire dissimulerait-il une réalité beaucoup plus sombre ? À Houston, une ville bien-aimée, une obscurité s'attardait juste au-dessous de sa surface brillante, attendant le moment de se révéler entièrement...

Dans le cœur mordoré de l'été texan, alors que l'air s'épaississait et que la chaleur devenait presque palpable, les dissensions commençaient à gronder entre les trois complices. Le grondement sourd de l'anxiété qui avait suivi la disparition des enfants à Houston s'était transformé en un cri assourdissant qui résonnait sourdement dans l'esprit d'Elmer Wayne Henley. Ses cauchemars étaient peuplés de visages disparus et d'échos de rires enfantins. Des ombres se matérialisaient au coin des yeux, des murmures brisaient l'obscurité, et la voix de la conscience reprenait vie, alimentant de plus en plus ses doutes. Les premiers soupçons naquirent timidement, hésitants et confus. L'observation clandestine du comportement de Dean Corll, qui avait pris une tournure étrangement obsessionnelle envers certains enfants, et les voyages inexpliqués dans la nuit concouraient à un tableau inquiétant. Mais c'est la découverte d'un bracelet d'identité appartenant à une des victimes disparues qui cristallisa les soupçons enfouis de Henley. Maintenant, l'évidence accablante ne pouvait être ignorée.

C'était Dean Corll, leur partenaire et confidant, qui était lié aux disparitions. David Brooks, quant à lui, avait remarqué les changements chez Henley. Autrefois complice dévoué, son désœuvrement actuel faisait tache dans leur quotidien jusque-là inébranlable. Malgré ses propres soupçons rampants, Brooks avait choisi de faire profil bas, préférant les facilités d'un déni confortable aux vagues tumultueuses de la réalité. C'est à l'image d'un funambule sur le fil du rasoir que Henley se présenta enfin à Corll, le bracelet à la main. Corll, si souvent un château de calme, fut pris de surprise face à l'accusation silencieuse. La confrontation bouillonnait à la surface, les paroles étaient lourdes de non-dits. Nulle menace ne fut nécessaire, l'horreur dans les yeux de Henley parlait pour lui.

Mais jamais l'abomination ne se montra plus clairement que lorsqu'il s'introduisit dans la chambre secrète de Corll, un endroit dont l'existence même avait été gardée au secret. Ce qui avait autrefois été le sanctuaire d'un homme est devenu la tombe de plusieurs innocences. Les chaînes, les tiges, les menottes lui firent état de la vérité brutale. Dean Corll était un monstre.

Tandis que l'odeur de la peur imprégnait l'air, Henley sortit, les yeux vides de tout le vivant. Son esprit carillonnait d'une vérité atroce, l'écho des rires enfants s'était transformé en longs hurlements silencieux. Un secret horrible avait été dévoilé, et avec lui l'ombre d'un long été texan s'était assombrie d'une façon qui mettrait des années à disparaître. Alors que ce récit se conclut, la confrontation finale attend à l'horizon alors que les liens de la complicité se brisent lentement. Les épreuves attendent, et des vérités plus sombres sont à découvrir. Le cœur du récit bat de plus en plus fort, menant à un crescendo d'horreur et de courage.

C'était un après-midi étouffant et troublant de l'été 1973. Les murs silencieux de la maison de Dean Corll semblaient onduler dans la chaleur, cachant un secret sombre et tordu. Au milieu de cette atmosphère oppressante, une réalité encore plus sinistre était sur le point d'être dévoilée - la véritable horreur qui hantait la paisible communauté de Houston.

Dans une chambre secrète, entourée de la douce odeur de bonbons, Elmer Wayne Henley, le jeune complice sous le charme sinistre de Corll, était sur le point de comprendre l'ampleur de l'atrocité de la situation. Toutefois un sentiment de révolte commence à bouillir en lui, et comme poussé par une force insurmontable, il s'empare d'une carabine calibre .22, une arme à feu soigneusement stockée par Corll "pour les objets de collection". Alors que son cœur bat à tout rompre dans sa poitrine, il vise le monstre qui avait séquestré et terrorisé tant d'enfants innocents. Le coup de feu est détonnant dans le silence, suivi de près par deux autres. Corll, le Monstre de Houston, s'effondre, telle une marionnette dont on a coupé les fils. Henley est debout, toujours stupéfait de son propre acte. Il regarda le corps sans vie tout en tremblant, éprouvant un mélange de soulagement, d'horreur et d'un sentiment salvateur de justice. Puis Henley fit quelque chose d'inattendu. Il appela la police. Des voix en panique et des sirènes retentirent alors que la vérité, si longtemps cachée, commença à s'exposer dans toute son horreur macabre. La maison de Corll, jusqu'à récemment un lieu de terreur, devint un spectacle de l'enquête chaotique qui allait suivre.

Au milieu de cette atmosphère explosive, Brooks, l'autre sous-fifre, se trouvait perdu et confus. Voyant Corll pour ce qu'il était réellement, une bête en peau humaine, il commença à sentir le poids de ses propres actions. L'épouvante remplaça la fascination qu'il avait pour Corll, et la réalité de ses propres erreurs commença à descendre sur lui comme une chape de plomb. L'appel à l'aide de Henley fut le cri qui signala la fin de l'horreur. La terreur que Corll avait méthodiquement construite au fil des années commença à s'effondrer, révélant l'étendue des méfaits qu'il avait commis. Les visages des enfants disparus commencèrent à retrouver par portions l'identité qu'ils avaient perdue. La communauté de Houston, autrefois endormie, se retrouva éveillée par l'horreur alors que la réalité des disparitions d'enfants commença à prendre forme. Le monstre, qui avait longtemps vécu parmi eux, avait été découvert. Il ne restait plus qu'à faire face aux échos de son horrible épopée. Les sourires insouciants des enfants se transformèrent en visages graves alors que l'innocence de la communauté fut brutalement arrachée. Au milieu de cette tourmente, Henley et Brooks commencèrent à ressentir les conséquences de leur union malheureuse avec Corll. Leur vie a prit une direction radicalement différente - l'espoir d'une vie normale fut abandonné alors qu'ils descendaient dans le royaume des monstres et des cauchemars.

Après le coup de feu fatal, le silence a régné. Elmer Wayne Henley avait mis fin à la terreur, le monstre de Houston avait été vaincu. Mais alors que le règne effroyable de Dean Corll se terminait, le véritable combat pour la justice commençait. Les autorités ont été choquées par la découverte macabre dans les diverses cachettes de Corll. Chaque visite sur un site de sépulture révélait davantage le cauchemar qui s'était déroulé dans leur ville bien aimée. Ils ont découvert le sinistre tableau qu'avaient peint Corll et ses protégés, avec 27 vies innocentes bafouées. Face à cette réalité épouvantable, la communauté de Houston a été contrainte de subir le traumatisme collectif qui a suivi. Les mères et les pères qui avaient manqué leur enfant chaque nuit ont finalement dû affronter la vérité brutale. Les amis et les camarades de classe des victimes ont dû se tourner vers leur avenir sans leur présence. Ce poids persistant de perte et de douleur était un voile sombre qui a enveloppé toute la ville.

Pendant ce temps, deux des coupables présumés, David Brooks et Elmer Wayne Henley, étaient aux prises avec leurs propres démons. Enfermés loin du monde, ils devaient affronter le jugement de leurs actions. La justice, bien que souvent lente, a fait son travail. Henley et Brooks ont été jugés pour leur rôle dans le massacre. Tout comme la communauté, la justice était déchirée : ces deux jeunes hommes étaient-ils également des victimes de Corll, ou de méchants complices ? À la fin de ce voyage tortueux, l'héritage dévastateur de Dean Corll a laissé une marque profonde sur Houston.

Parallèlement à la peine, il y avait un sentiment de trahison. Un membre de leur communauté, un homme à qui ils avaient fait confiance, avait commis des actes innommables contre leur propre sang. Pourtant, en dépit des ténèbres, l'esprit humain a trouvé le courage de chercher la lumière. La ville de Houston, bien qu'assombrie par la tragédie, a fait preuve de résilience indéfectible. Elle s'est réunie, a partagé sa douleur et a commencé le long chemin de la guérison. Cet esprit de résistance est devenu le phare d'espoir après la tempête horrible que Corll a déchaînée.

Quant à Henley et Brooks, ils ont dû apprendre à vivre avec le poids de leurs actions. Leur sentence était un rappel constant de leurs erreurs passées. Cela leur a permis aussi de comprendre le véritable prix de la manipulation et de la mauvaise influence. L'histoire de Dean Corll, l'horrible Monstre de Houston, est un rappel pour nous tous. Un rappel que le mal peut se cacher derrière les visages les plus ordinaires.

C'est une histoire de manipulation, d'exploitation des faibles et de la profondeur des ténèbres humaines. Au-delà de la tristesse et de la terreur, c'est un appel à la vigilance et à la compassion. Nous devons nous unir dans ces moments de douleur, peu importe combien cela peut être difficile. Nous devons apprendre des erreurs du passé et toujours chercher la lumière, même dans les moments les plus sombres. Car au cœur de chaque tempête, il y a un espoir tranquille. Un espoir que sur les ruines de la tragédie peut émerger une communauté plus forte, plus unie et plus résistante. Dans ce sens, l'histoire de Dean Corll, bien qu'épouvantable, offre un formidable témoignage de l'humanité triomphant face à la cruauté.

Note de réflexion : La Banalité du Mal.

Le personnage de Corll pose une question troublante : comment un homme qui réussit apparemment dans sa vie personnelle et professionnelle, peut-il être un monstre caché derrière une façade de normalité ? C'est ici que réside la banalité du mal, un concept intrigant et dérangeant de la philosophe Hannah Arendt,. Dans l'histoire de Corll, nous voyons un individu qui n'était pas un étranger menaçant, mais quelqu'un que la communauté connaissait et en qui elle avait confiance, ce qui le rendait d'autant plus sinistre. Sa capacité à dissimuler sa véritable nature pointe du doigt notre tendance collective à négliger la possibilité de la malfaisance chez ceux que nous jugeons 'normaux' ou 'intégrés'. Cela nous incite à réfléchir sur la façon dont nous percevons ceux qui nous entourent, et sur la possibilité que le mal se cache peut-être là où nous nous attendons le moins à le trouver. Cette insidieuse banalité du mal souligne le fait que le mal peut émaner des endroits les plus improbables et peut être commis par des individus apparemment ordinaires, ce qui rend d'autant plus impératif notre devoir constant de vigilance et d'introspection. Il y a une leçon à tirer de l'histoire de Dean Corll. Un rappel inquiétant que derrière l'apparence de normalité, de respectabilité même, peuvent se cacher les desseins les plus sombres.

Donald Harvey : L'Ange de la Mort.

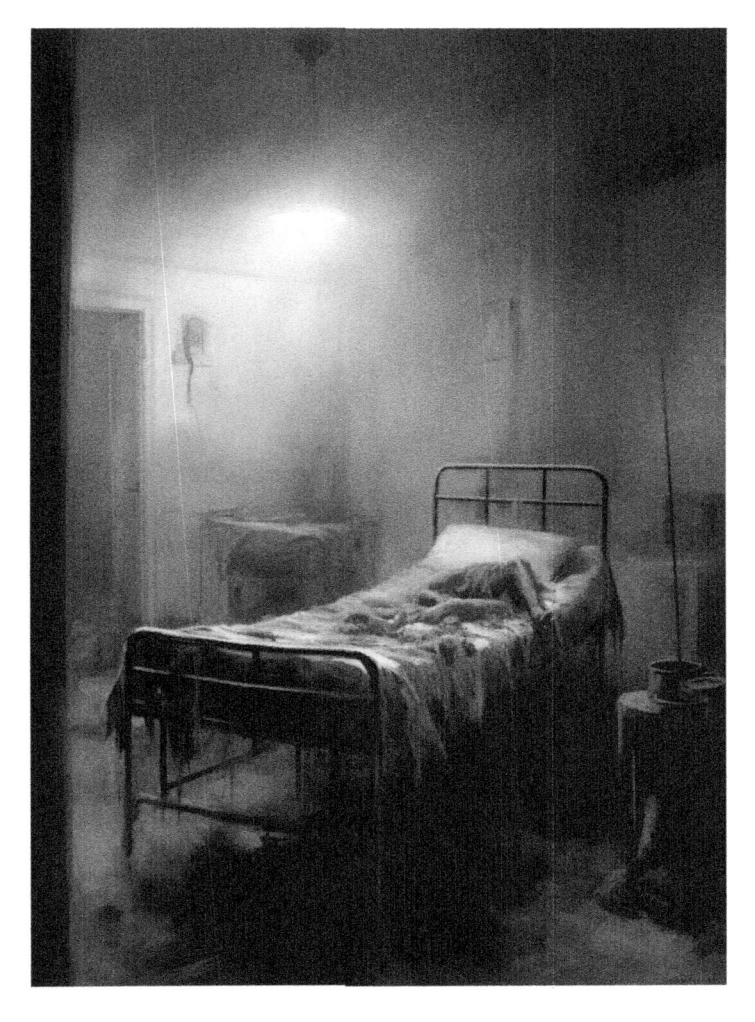

Dans les âpres collines de Londres, Kentucky, 1952, un enfant est né, destiné à marquer l'histoire, mais pas de la façon dont on pourrait l'espérer. Ce gamin aux cheveux noir corbeau et aux yeux d'un bleu profond, c'est Donald Harvey, celui que l'on appellera plus tard "L'Ange de la Mort".

L'enfance de Donald est loin d'être idyllique. Abandonné à lui-même, livré à la désolation de son foyer, il grandit dans les ombres, enfermé dans un monde de douleur et d'incompréhension. Les brimades incessantes et les parents indifférents qui n'ont que faire de lui, tissent une toile de solitude autour de lui, faisant de sa vie une mise en scène sombre de la réalité. L'isolement de Donald dans cette petite ville, oubliée de tous, où seuls les pins et les cyprès connaissent son nom, avait commencé à nourrir en lui une curiosité malsaine.

L'école n'a jamais été sa tasse de thé. Non, les longs corridors de béton et la monotonie des salles de classe lui ont toujours semblé exsangues. Mais alors que ses petits camarades se passionnent pour le football ou la danse, Donald, lui, débusque dans les livres médicaux, laissés à l'abandon dans la bibliothèque de l'école, un intérêt naissant pour l'anatomie humaine.

Ses amitiés imaginaires sont remplacées par un dialogue silencieux avec la mort, ses pensées rongées par une fascination obsédante pour le moment ultime où la vie cède à la mort. Le temps avance, aussi immuable que l'eau d'une rivière. La solitude et la méchanceté du monde extérieur enveloppent Donald d'une carapace, créant une coquille vide dont la jeune âme blessée se complait. Et puis un jour, c'est le déclic.

Un travail d'infirmier dans l'hôpital local s'offre à lui, comme un cadeau venant assouvir ses désirs les plus sombres. Abandonnant le chagrin de son enfance, il s'aventure dans les corridors d'acier froid de l'hôpital, une toile de vie et de mort, un lieu où il peut enfin exercer un contrôle absolu sur la vie des autres. L'hôpital devient son théâtre, un territoire qu'il arpente au gré de ses envies morbides. Les corridors sombres et silencieux résonnent de ses pas furtifs, alors qu'il s'enfonce plus profondément dans le dédale du pouvoir. Les patients, vulnérables et dépendants, n'ont aucune idée de la présence de l'Ange de la Mort qui plane sur eux.

Harvey est bon dans ce qu'il fait. Lui, l'inconnu, l'oublié, se révèle comme un infirmier compétent, se délectant de l'ironie du fait qu'il est à la fois le berger et le loup. De lui émane une sorte de séduction sombre, une aura qui, si on s'y attarde, trahit les rouages sinistres de son esprit déformé. Alors qu'il regarde le jour mourir à travers les fenêtres de l'hôpital, la morosité du Kentucky rural se déploie devant ses yeux fatigués par une autre journée de labeur. Mais à l'intérieur, du fond de son cœur, s'élève un sentiment de satiété. Harvey savoure alors la perspective alléchante de ce qui l'attend – une danse sinistre avec la vie et la mort.

Alors que nous nous plongeons dans sa jeunesse pitoyable jusqu'aux premiers balbutiements de sa carrière d'infirmier, nous n'entendons qu'un écho sourd des ténèbres qui s'accumulent dans les abysses de son âme, prêtes à se déchaîner, faisant de Donald Harvey un spectre effrayant : celui qui décide qui doit vivre et qui doit mourir.

Les années passèrent comme un rêve pour Donald, entre la réalité brutale des maladies qu'il combattait et la fantaisie de sa possession sur la vie et la mort. Il maniait la seringue et le scalpel avec une dextérité presque poétique, le rebut cruel de la vie et la mort. Ce pouvoir, sentait Donald, c'était là sa véritable vocation. C'est alors que Donald rencontra Mme Jenkins. Mme Jenkins, presque centenaire, était condamnée par son âge et sa maladie. Elle à peine vocalisait sa douleur, laissant sa souffrance se refléter dans ses yeux las, sa dignité captivante malgré sa fragilité. Donald ressentit une affection étrange pour Mme Jenkins, une tendresse presque maternelle contrastant avec la froideur de son cœur. Il pourrait mettre fin à son calvaire, songeait-il, assis à son chevet durant les longues heures de la nuit. Et un soir, la pitié se mua en action. Un simple mouvement de la main, une dose trop élevée d'un médicament, et il avait transporté Mme Jenkins du monde des vivants à l'au-delà. Mais loin d'éprouver du remords, Donald ressentit une euphorie perverse. Il était devenu, véritablement, un ange de la mort. Cette expérience, cependant, accroît sa soif de puissance.

De victime en victime, l'hôpital devient son terrain de chasse, un enfer pour les malheureux qui croisent son chemin. Donald, camouflé dans les ombres, christique dans son rôle d'infirmier dévoué, cueille les plus vulnérables à son gré, dans une danse macabre que seule la mort comprend. Ses collègues saluent sa compétence, sa compassion apparente, sans aucunement soupçonner l'aiguille qu'il brandissait.

Pourtant, comme une horloge funérailles, le temps commençait à s'égrener pour l'Ange de la mort. Un jeune détective, curieux et ambitieux, remarqua une étrangeté dans les décès récurrents à l'hôpital. Alors que cet enquêteur, Lewis Perdue, entame son enquête, il navigue dans le labyrinthe des indices, des pistes trompeuses et des mensonges soigneusement entretenus. Chaque récit sur Donald que Perdue découvre est contradictoire, presque schizophrène : un être aimable et compatissant d'un côté, un loup à la peau de mouton de l'autre. Plongeant dans le passé de Donald, Perdue est confronté à la réalité troublante : le garçon solitaire de Londres est devenu une entité plus sinistre et plus dangereuse. Alors que Perdue s'accroche à la vérité, Donald, inconscient des projecteurs braqués sur lui, continue sa danse avec la mort. Le détective et l'assassin sont alors propulsés dans un jeu du chat et de la souris qui transcende les limites de leurs vies ordinaires.

Pendant ce temps, l'ombre de Donald Harvey, toujours aussi effrayemment silencieuse, plane sur les plus vulnérables. Une tension insoutenable couve. Les fils de la vie et de la mort s'entrecroisent, prêts pour leur ultime danse. L'atmosphère dans l'hôpital devenait progressivement tendue à mesure que les semaines passaient. Le taux de décès augmentait de manière alarmante, surtout parmi les patients dont Harvey était responsable. Les premiers murmures de soupçon commencèrent à se propager parmi les autres membres du personnel, des murmures qui se transformèrent rapidement en craintes exprimées à voix haute. Un jour, alors qu'Harvey était en train de terminer son service, une infirmière prénommée Linda le confronta.

"Il se passe quelque chose d'étrange ici, Donald", dit-elle, son visage pâle sous son masque chirurgical bleu.

"Beaucoup de tes patients meurent, et je ne sais pas pourquoi."

Harvey maintint son visage impassible, mais l'adrénaline pulsait dans ses veines.

"Ils étaient tous malades, Linda," répondit-il d'un ton innocent. "Malheureusement, nous ne pouvons pas tous les sauver."

Mais Linda n'était pas convaincue. Elle commença à surveiller Harvey et à fouiller dans les dossiers médicaux des patients décédés. Des quantités inexpliquées de médicaments manquaient. Un certain nombre de patients avaient des niveaux toxiques de divers médicaments dans leurs systèmes au moment de leur mort. Tout semblait pointer vers Harvey.

Pendant ce temps, la famille d'un des patients récemment décédé exigea une autopsie complète. Le résultat fut choquant. L'homme, qui était en parfaite santé avant son admission à l'hôpital, était décédé d'une overdose de médicaments opiacés. Le tollé public qui s'ensuivit attira l'attention de la police. Un jeune inspecteur de police, Louis Mason, fut chargé de l'enquête. Il avait une intuition que les décès étaient liés, et que le coupable était toujours à l'hôpital. Il se rendit sur les lieux avec un sentiment de lourde détermination et commença à interroger le personnel. Quand Mason rencontra Harvey, il sentit immédiatement que quelque chose n'allait pas. Harvey était trop calme, trop confiant. Pire encore, il n'éprouvait aucun chagrin pour les patients décédés. Mais sans preuves concrètes, Mason ne pouvait rien faire.

Alors que l'enquête se poursuivait, Harvey devenait de plus en plus audacieux. Il continuait à tuer, inconscient du fait que Mason et Linda se rapprochaient de plus en plus de la vérité. Un jour, tandis que Linda fouillait désespérément dans les dossiers médicaux, elle trouva une preuve accablante. Un patient qui était décédé lorsque Mason commençait son enquête avait des niveaux toxiques de cyanure dans son système. En recherchant plus attentivement, elle trouva d'autres incohérences similaires. Elle en informa immédiatement Mason. Ensemble, ils confrontèrent Harvey, préparés à l'arrestation. Mais Harvey nia tout, observant l'inspecteur et l'infirmière d'un regard paisible qui tranchait avec la gravité des accusations portées contre lui. C'était un tableau déroutant, un homme qui semblait être simplement un professionnel de santé dévoué, blasé par la mort qui l'entourait. Pourtant, sous cette façade, un prédateur se cachait, attendant patiemment le bon moment pour frapper à nouveau...

La fin de l'année 1986 régnait sur la ville de Cincinnati, dans l'Ohio. Alors que la ville était à l'approche des festivités de fin d'année, les couloirs de l'hôpital Good Samaritan, eux, étaient plongés dans une sombre inquiétude. Les morts se succédaient, toujours plus mystérieuses, toujours plus confondantes. C'est à ce moment-là, au plus fort de l'anxiété générale, que l'inspecteur John McGrath du département de police de Cincinnati a été chargé de rouvrir une enquête officielle sur ces morts suspectes. Un décès en particulier avait attiré son attention : celui de John Powell, un patient que Donald Harvey prétendait avoir découvert sans vie lors d'une de ses rondes nocturnes. Après des semaines d'analyses, l'autopsie révéla la présence de cyanure dans le corps de Powell. Cette découverte suscita un tollé général.

Misant tout sur l'effet de surprise, l'inspecteur McGrath décida d'interroger Harvey le jour de la Saint-Sylvestre. Harvey se tenait là, à la fin de son quart de travail, devant cet inspecteur qui le dévisageait. Sans preuve tangible à ce moment-là, le policier ne pouvait l'accuser. Cependant, son instinct lui hurlait que Harvey était coupable de quelque chose. Alors, McGrath formula une accusation voilée, suspectant Harvey sans le dire franchement, mettant au défi le tueur d'éclaircir le mystère. La confrontation entre l'inspecteur McGrath et Harvey marqua un tournant dans l'enquête. Malgré une goutte de sueur perlant sur son front, Harvey garda son calme, niant toute implication dans la mort de John Powell. Cependant, le vent tourna rapidement. Un ancien amant de Harvey, Carl Hoeweler, apeuré par les révélations de la presse sur l'enquête, contacta la police. Il révéla que Harvey lui-même lui avait confié avoir tué des patients. L'inspecteur écouta, horrifié, ces confessions, qui seraient le début du déclin pour Harvey. Animé par la panique, Harvey commença à perdre son sang-froid habituel. Les enquêteurs, se fiant à l'aveu de Hoeweler, se sont mis à fouiller l'appartement de Harvey, où ils sont tombés sur un journal personnel détaillant les décès de plusieurs patients. Ces carnets étaient des confessions codées, mais évidentes pour les enquêteurs. Des mentions de «cadeaux de la départ», de « voyages sans retour» parsemaient les pages, écrites de la main de cet « Ange de la Mort autoproclamé», dans une sorte de macabre poésie. Au fur et à mesure que les révélations s'accumulaient, Harvey sentait le piège se refermer sur lui. Coincé, il décida de prendre les devants, espérant diluer ses aveux parmi la masse déjà présente.

Il passa un marché avec le procureur : une peine réduite contre des aveux complets. Cependant, le deal de Harvey allait bien au-delà de ce que les enquêteurs s'étaient imaginés. Il avoua non pas une dizaine, mais une soixantaine de meurtres, laissant le bureau du procureur dans l'incrédulité totale. Les aveux de Harvey étaient aussi précis que glaçants, dévoilant au grand jour la vérité de ses actes. Plus personne ne pouvait ignorer le nombre de vies qu'il avait éteintes, la gravité de ses actions. L'Ange de la Mort avait perdu ses ailes, révélant derrière l'appellation presque noble, un monstre. L'année 1987 s'ouvrait sur un des plus grands scandales de l'histoire de l'hôpital de Cincinnati : l'arrestation de Donald Harvey, l'ange maudit.

Le procès de Donald Harvey, l'Ange de la Mort, a captivé l'Amérique. Les détails morbides de ses crimes se dévoilaient jour après jour. Son avocat plaidait la folie, argumentant que seul un esprit dérangé pourrait commettre de tels actes. Pourtant, la stratégie se retournait contre lui : le portrait d'Harvey comme un tueur calculateur et insensible émergeait peu à peu, balayant toute idée de miséricorde par l'insanité. Sachant pertinemment que son sort était scellé, Harvey adoptait une attitude désinvolte, presque arrogante, devant les jurés médusés. À chaque verdict de culpabilité, un frisson parcourait la salle d'audience. Les familles des victimes, en particulier, forçaient leurs visages à ne pas montrer de soulagement, comprenant avec un poids indescriptible que justice allait enfin être rendue. La sentence tombait comme un couperet : multiples réclusions à perpétuité pour Donald Harvey, plus qu'il ne pourrait jamais purger en une seule vie. Ce fut à ce moment que le masque du tueur insensible commençait à se fissurer : les peines cumulées étaient une condamnation à une éternité en enfer, une fin méritée pour le prétendu 'Ange'.

Lors de son incarcération, Harvey vivait isolé, entouré des fantômes de ses actions. Les autres détenus, tout aussi criminels, ne manquaient pas de lui rappeler son statut de paria. Leur dégoût et leur mépris pour ce tueur d'innocents étaient sans équivoque. Harvey ne trouvait pas de présence réconfortante parmi eux, condamné à vivre son purgatoire en solitaire. Les années s'écoulaient et le nom de Donald Harvey s'inscrivait dans la triste histoire des meurtriers de masse. Les nouvelles générations connaissaient désormais son histoire, un avertissement glaçant des monstres cachés dans les replis sombres de l'humanité. L'examen de ses crimes révélait aussi les défaillances systémiques de l'époque. Des réformes étaient mises en place dans les hôpitaux et les maisons de santé, afin de prévenir une répétition de ces actes sordides. Certes, Harvey avait été un prédateur, mais c'était un système aveugle et défaillant qui lui avait permis de chasser. Et, peut-être le plus déchirant, chaque victime de Harvey avait une histoire, une vie, des êtres chers laissés derrière. Ces récits d'amour, de lutte et de deuil étaient aussi partie intégrante de l'histoire de Harvey : une mosaïque de vies brisées par un homme qui avait pris le droit de décider de leur sort. Les dernières années de Harvey en prison étaient ponctuées par ses constantes requêtes pour être relâché sur parole. Chaque fois, la demande était rejetée, laissant Harvey se languir derrière les barreaux jusqu'à la fin de ses jours. Sa mort en 2017 marquait la fin d'une ère, mais aussi le début d'une réflexion pertinente : comment la société peut-elle protéger ses membres les plus vulnérables des prédateurs qui rôdent parmi nous ?

Avec le recul, l'histoire de Donald Harvey sert de rappel sinistre que même dans les lieux les plus sûrs, le mal peut se cacher. Mais c'est aussi un appel à l'empathie, à la vigilance et à l'amélioration continue de notre société pour protéger ceux qui ne peuvent pas se protéger eux-mêmes. Et, peut-être le plus important, à se rappeler et à honorer les victimes, ces vies fauchées trop tôt par un homme qui se prenait pour un ange de la mort.

Note de réflexion : L'Isolement, l'Abus et la Naissance d'un Monstre.

L'Ange de la Mort attire l'attention par la morbidité de ses crimes, mais avec un effort pour aller au-delà du sensationnalisme, on peut voir derrière cela une histoire de défaillance systémique et d'échec sociétal. Le cas de Donald Harvey pose une question cruciale et troublante : comment un jeune homme endommagé par les abus et l'isolement de son enfance a-t-il pu se transformer en un tueur en série dévastateur ? D'abord, c'est le manque de soutien et d'intervention à l'égard d'un enfant victime d'abus. Harvey a grandi dans un environnement violent et négligé, son comportement perturbé n'a jamais été adéquatement pris en charge, faute de soutien familial et institutionnel. Ceci a créé une spirale descendante, le guidant vers un chemin où ses actions deviendraient de plus en plus monstrueuses. Ensuite, c'est l'échec du système de santé qui, faute de contrôles adéquats, a permis à Harvey de commettre ses crimes pendant près de deux décennies. Entre les décès non signalés et les manquements dans l'administration de Harvey, le système a largement contribué à augmenter le nombre de ses victimes. Donc, la note de réflexion ici est de voir comment nos sociétés peuvent mieux protéger les plus vulnérables, en assurant le soutien adéquat aux confins blessés de la société et en surveillant de plus près ses institutions. Le cas de Donald Harvey est une puissante mise en garde contre les lacunes de notre société et soulève des questions vitales pour notre futur.

Dorothea Puente : La Dame de la Mort.

Dans le cœur de Sacramento, une demeure victorienne se dresse, fière et détonante parmi les bâtisses modernes.

Imposante, sa présence rappelle une époque révolue mais ne perd pas pour autant de sa splendeur. D'une grandeur passée, elle est désormais l'incarnation vivante d'une certaine respectabilité, d'une certaine noblesse des temps anciens. C'est dans cette maison que notre histoire prend place, une histoire qui semble tout d'abord, comme un paisible court métrage d'une vie ordinaire, mais qui s'avérera être le scénario d'un thriller sombre et déconcertant.

Le personnage principal de notre récit, Dorothea Puente, est loin de la figure de la grand-mère aimable et bienveillante que son sourire courtois et ses manières délicates évoquent immédiatement. Une femme d'un certain âge au charme désuet, élégante et polie, Dorothea possède une aura qui inspire la confiance. Pourtant, derrière ce sourire familier se cache une réalité bien plus sombre et complexe.

Celle qui semblait être une douce et généreuse femme n'est autre qu'une habile manipulatrice, une arnaqueuse expérimentée qui a su se jouer des codes sociaux et de l'apparence de respectabilité que son âge confère. Ces arnaques, bien que mineures aux premiers abords, semblent prendre une ampleur nouvelle, inquiétante et indéchiffrable.

Née de parents alcooliques, Dorothea a passé son enfance ballottée de famille d'accueil en famille d'accueil. Ces années de tumultes et de déracinements l'ont rendue dure et résiliente, mais aussi fondamentalement déconnectée de la réalité des autres. Trahie par ceux qui devaient la protéger, elle a développé une vision du monde cynique et utilitariste où les autres ne sont que des moyens pour atteindre ses fins.

Malgré ces divergences, la maison bourdonne d'une chaleur accueillante, remplie de pensionnaires qui partagent des histoires et des sourires autour d'une table bien garnie. Dorothea prend soin d'eux, traitant chaque individu comme une extension de sa famille décomposée. Ses pensionnaires, ces âmes perdues et abandonnées, voient en elle une figure maternelle, une bouée de sauvetage dans un océan de solitude et de désespoir.

La première tension de notre histoire naît d'une découverte troublante. Un après-midi ensoleillé d'automne, une simple tâche de jardinage met au jour quelque chose de déconcertant. Un morceau de tissu décoloré, un lambeau de vêtement peut-être, émerge de la terre fertile du jardin. Une présence inquiétante, presque maléfique, semble ombrager les lieux autrefois apaisants.

L'agitation commence à s'installer parmi les pensionnaires. Des questions non formulées flottent dans l'air. Chuchotements et méfiance s'infiltrent lentement dans l'atmosphère autrefois sereine de cette demeure. Dorothea, probablement plus consciente de cette inquiétude que quiconque, s'efforce alors de maintenir la quiétude, insouciante et accueillante de sa pension. Tandis que le cœur de cette maison continue de battre en dépit de ces perturbations, une chose est certaine, rien ne sera plus jamais comme avant...

Dans la grande demeure victorienne de la rue F, le début d'un cauchemar éveillé commence à se dérouler, tandis que la vraie nature de la douce Dorothea Puente se dessine en filigrane. Quels sont ces secrets que renferment la terre du jardin ? Quelles sont les véritables motivations de cette grand-mère bienveillante ? Autant de questions qui hantent désormais l'esprit de ces pensionnaires, inspirant l'effroi et la curiosité à chaque nouveau jour.

La suspicion qui enveloppait désormais la demeure victorienne de la rue F se palpait presque. Les pensionnaires s'agitaient, hantés par le doute et l'insécurité. Les chuchotements étaient maintenant des discussions à voix basse, des accusations murmurées et des théories sanglantes. Au milieu de ce tourbillon de soupçons, Dorothea Puente maintenait un calme rigidement contrôlé, une sérénité presque surnaturelle. Cela n'a fait que jeter de l'huile sur les suspicions grandissantes, creusant un fossé entre elle et ses pensionnaires.

Un matin glacial de novembre, une camionnette s'est arrêtée devant la demeure. Les policiers sont sortis et ont pénétré dans la maison, montrant un mandat de perquisition à Dorothea. Les pensionnaires regardaient avec des yeux ébahis et du soulagement tandis que les policiers fouillaient la maison. Au bout d'une longue journée, ils sont finalement arrivés au jardin.

C'est grâce à une pelle entre les mains d'un officier fatigué que la vérité a commencé à émerger. Le tissu était maintenant une chemise, la chemise attachée à de vieux os. Les pensionnaires, terrifiés, ne pouvaient que regarder alors que plusieurs corps décomposés étaient déterrés du jardin autrefois paisible. La grand-mère aimable, serviable, avait caché un secret macabre dans son jardin.

Lorsqu'il a été révélé que les victimes étaient d'anciens pensionnaires disparus, l'horreur s'est vraiment implantée. Ces âmes perdues, ces êtres démunis, ces marginaux de la société n'étaient pour Dorothea que des marionnettes. Elle avait joué le rôle de la bienfaitrice, puis les avait éliminés, récupérant leur pension de sécurité sociale au passage.

Les pensionnaires ont été évacués, déplacés vers d'autres endroits plus sûrs, mais la rue F ne serait plus jamais la même. La maison avait perdu sa chaleur, son charme. Tout ce qui restait, c'était le froid, l'ombre de la mort qui rôdait.

Dorothea Puente n'a pas montré de remords, pas d'émotion. Elle insistait sur son innocence, rejetant la faute sur les autres. C'était le geste d'une personne qui avait vécu toute sa vie de manipulation et de tromperie, qui avait mis autant de distance entre elle et la réalité qu'elle le pouvait. Elle n'était pas une meurtrière à ses yeux. Elle était simplement une survivante.

L'enquête a révélé une sombre réalité. Dorothea avait empoisonné ses victimes peu à peu, les laissant mourir lentement alors qu'elle jouait la gentille patronne, la maman des marginaux. Chaque jour, elle leur servait du thé, leur faisait la conversation et les tuait lentement avec son poison invisible.

L'enquête a été longue, la justice lente. Entre-temps, la maison de la rue F est restée un rappel amer du monstre qui se cachait derrière le sourire de Dorothea. La maison était inhabitable, un mémorial pour les victimes de la grand-mère tueuse. Pourtant, tandis que les policiers enquêtaient, que les journalistes parlaient, la vérité se révélait plus effrayante que jamais : cette gérante de pension décrite comme un monstre, n'était autre que Dorothea Puente, la dame de la mort._La méfiance gagnait de plus en plus de terrain à Sacramento. Des inquiétudes grandissaient dans l'ombre, tandis que Judy Moise, une dévouée travailleuse sociale, remarquait un nombre anormal de disparitions inexpliquées parmi les personnes vulnérables dont elle s'occupait. Intriguée et troublée, elle se mit à enquêter, une lueur de suspicion dans le regard.

L'intérieur de la grande demeure victorienne était spacieuse et méthodiquement entretenue. Judy trouva Dorothea étrangement sereine, affichant un sourire qui ne semblait jamais vouloir quitter ses lèvres. Pourtant, à chaque visite, un pensionnaire avait disparu et Dorothea avait toujours une explication convenable. Un déménagement ici, un départ imprévu là.

Un jour, pendant une de ses visites de routine dans la maison victorienne, Judy remarqua une zone de terre fraîchement retournée dans le jardin pittoresque de Dorothea. Sa curiosité piquée, Judy s'y dirigea. Elle fut vite rejointe par Dorothea, l'air parfaitement détendue. "Faire du jardinage, c'est ma thérapie, Judy", expliqua-t-elle d'un ton léger, mais il y avait quelque chose dans son regard qui fit frissonner Judy.

La tension monta à un nouveau niveau lorsque les inquiétudes de Judy la menèrent devant les autorités locales. Elle avait espéré que ses angoisses seraient prises à la légère, mais la gravité qui assombrit les visages des officiers de police lui indiqua le contraire. Des recherches approfondies furent lancées, plongeant dans les archives de Dorothea et de la maison victorieuse.

Les crépuscules troublés et les aubes grises se succédèrent, rendant les rues de Sacramento lourdes d'inquiétude. Les pensionnaires restants se replièrent dans leurs peurs, manipulés par le charme toxique de Dorothea. Cependant, la vérité se faisait enfin jour à travers les ombres.

La véritable nature de Dorothea, la Dame de la Mort, commençait à émerger lentement quand ses activités de fraude furent mises à nu, révélant qu'elle avait volé l'argent des pensionnaires disparus. Mais c'était juste le sommet de l'iceberg. Une réalité encore plus sombre, grotesque, était sur le point de se dévoiler.

Les pensionnaires, les autorités, et la community étaient tous suspendus dans l'attente, se préparant pour une confrontation inévitable. Chaque disparition, chaque mensonge de Dorothea, chaque regard inquiet jeté par les pensionnaires restants, alimentés par les récits lugubres du passé, construisait l'arche menant au point culminant de cette sombre narration.

Le printemps arrive à Sacramento, la vie tente de reprendre son cours, malgré un sentiment de suspicion qui étreint la pension. Les pensionnaires restants tiennent tant bien que mal à leur routine quotidienne, tentant d'ignorer les absences qui s'accumulent. Des rumeurs circulent, des peurs sont murmurées mais jamais exprimées ouvertement.

Un matin, alors que Dorothea arrose soigneusement les myriades de roses qui ornent son jardin, la police débarque, accompagnée de travailleurs sociaux, menés par Judy Moise qui a décidé de tirer les choses au clair. Le regard verdoyant de Dorothea ne vacille pas même quand les agents de la loi lui demandent de les laisser fouiller le jardin.

"Rien à cacher", bien sûr, répond-elle avec un sourire franc et amical. Les voisins, familiers du doux visage rosé de Dorothea, peinent à croire ce qui se déroule devant eux. Pendant ce temps, les investigations commencent sérieusement. Les officiers sont particulièrement attirés par un monticule de terre récemment déplacé. Très prudemment, ils commencent à creuser. Dorothea, debout sur le perron de sa propriété, observe la scène avec une feinte indifférence, affichant une tranquillité étonnante vis-à-vis de la situation.

La première découverte est faite, le cœur des officiers en place semble s'arrêter. Des os humains sont retrouvés. Dorothea, sans broncher, fournit une explication qui glace le sang : "C'est le reste d'un ancien propriétaire qui voulait être enterré ici." Pour elle, il semblerait que cette situation ne soit qu'un léger contretemps.

Cependant, les fouilles ne s'arrêtent pas là. Ils creusent encore et encore et découvrent d'autres restes, des pensionnaires qui étaient censés avoir quitté la maison. La maison victorienne aux belles roses rouges n'était pas qu'un havre de paix mais aussi une tombe pour ceux qui venaient chercher du réconfort en Dorothea Puente.

Les pensionnaires restants sont maintenant face à une horreur inimaginable. Les silhouettes aimables de leurs camarades disparus surgissent sous le sol du jardin. Durant ces révélations macabres, Dorothea maintient son rôle de femme aimable et pleine d'empathie, refusant de voir s'effriter son image de 'grand-mère bienveillante'. Alors que la journée touche à sa fin, le jardin a révélé ses secrets aux yeux du monde, la douce Dorothea n'était plus que l'ombre d'elle-même. Le jardin, quant à lui, était devenu un champ de l'horreur.

Cependant, l'enquête n'était pas terminée. Le montant total des vols de chèques sociaux avait atteint des sommets vertigineux. La maison victorienne de Dorothea est passée au peigne fin, à la recherche d'indices susceptibles de révéler l'étendue totale de ses méfaits.

Mais alors que la police est occupée à fouiller les derniers recoins du domicile, Dorothea semble disparaître dans la foule des curieux venus observer le spectacle. Sa fuite ajoute un nouveau rebondissement à l'enquête...une chasse à l'homme pour retrouver la 'Dame de la Mort' commence.

La quatrième partie de notre histoire se termine sur cette note de suspense, laissant à l'imaginaire des lecteurs la tâche de deviner où la 'Dame de la Mort' pourrait bien se cacher. Le 11 novembre 1988, la police de Sacramento envahit la propriété de Dorothea Puente. Des sacs nauséabonds sont portés hors du jardin. La Dame de la Mort est emmenée en menottes. Dorothea, dans une tentative désespérée de s'évader, prétexte un rendez-vous médical alors qu'elle est en garde à vue et réussit miraculeusement à échapper à la surveillance policière. Pendant plusieurs jours, sa photo fait la une des journaux. Elle mise sur son apparence de vieille femme inoffensive pour échapper à la chasse à l'homme. Cependant, après trois jours passés à Los Angeles, elle est enfin identifiée par un homme qui l'a vue dans les médias.

Elle est mise en accusation, accusée de trois meurtres bien qu'on ait découvert sept victimes au total. Le procès captivant et choquant de Dorothea, la douce grand-mère et tueuse en série, se prolongent pendant des mois. La défense, peu convaincante, dépeint Dorothea comme une gardienne d'âmes perdues, une bienfaitrice aimante qui n'a jamais voulu faire de mal à ses pensionnaires. Elle déclare n'être qu'une simple hôtesse travaillant dur pour maintenir sa maison d'hôtes dans un état décent.

Cependant, les déclarations des pensionnaires survivants et des proches des victimes balaient ses allégations. Les larmes, la colère et le désespoir exprimés devant le tribunal renforcent la vérité brute de ses crimes. Elle est finalement reconnue coupable de trois des sept meurtres et condamnée à la réclusion à perpétuité.

L'impact de ses crimes s'est prolongé bien après la fin de son procès. Les cicatrices laissées sur la communauté de Sacramento ont été profondes, ont laissé la ville dans une paranoïa persistante. La maison victorienne, autrefois symbole de sécurité et refuge pour âmes perdues, reste une cible de curiosité morbide et de peur persistante.

Les récits des rescapés sont profondément poignants. Leur douleur, leur peur et leur sens trahi de confiance est un rappel effrayant de la manipulation cruelle dont Dorothea était capable. Les familles des victimes, quant à elles, sont tourmentées par un sentiment brutal de perte et de regret. Leurs histoires constituent un appel douloureux à être plus attentif à nos aînés, à comprendre et à capitaliser sur leur besoin désespéré de compagnie et de soins.

La saga terrifiante de Dorothea Puente est une histoire choquante qui continue d'influencer la culture populaire, servent de rappel des ténèbres qui peuvent se cacher derrière les visages les plus innocents. C'est une histoire qui nous rappelle la susceptibilité de l'esprit humain, son besoin désespéré de sécurité et d'affection, et la facilité avec laquelle ces besoins peuvent être exploités par ceux qui manquent d'humanité.

La tragédie de la maison de la Mort de Sacramento est une leçon pour l'humanité, une mise en garde contre notre indifférence souvent cruelle à l'égard des membres les plus fragiles et vulnérables de la société. C'est un rappel de notre devoir collectif de veiller sur ceux qui sont incapables de le faire eux-mêmes, de maintenir un lien avec nos aînés et de garantir qu'ils ne soient pas oubliés. Car, après tout, la vraie horreur est la solitude, la maltraitance et la négligence que Dorothea Puente a utilisées pour commettre ses crimes odieux et impitoyables.

Note de réflexion : La Face Cachée de l'Empathie.

L'histoire de Dorothea Puente est un exemple frappant de la manière dont une enveloppe extérieure attrayante peut dissimuler une âme aliénée. Elle est une personne aimée et recherchée dans sa communauté, appréciée pour son apparente gentillesse envers ses pensionnaires, souvent négligés par la société. Cela révèle à quel point il est facile de cacher notre véritable soi sous une apparence acceptable ou admirable.

Cette histoire nous pousse à réfléchir à la face sombre de l'empathie. Dans quelle mesure cette vertu peut-elle être manipulée et exploitée à des fins diaboliques ? La valeur de l'empathie peut-elle se retourner contre nous quand elle est utilisée malicieusement ? C'est une question critique à se poser, en particulier dans une époque où les apparences sont souvent considérées comme plus importantes que l'authenticité.

Le pouvoir troublant de l'apparence peut nous aveugler à la réalité et nous faire ignorer les signaux d'alarme potentiels. La notion que les apparences peuvent être trompeuses n'est pas une nouveauté, pourtant elle reste une leçon que nous réapprenons constamment.

L'histoire de Dorothea Puente est un sombre rappel qu'il est impératif de prêter attention non seulement à ce que nous voyons en surface, mais aussi à ce qui se cache en dessous. Il est essentiel de ne pas uniquement baser nos jugements sur la face extérieure que les gens présentent, mais d'essayer de voir au-delà - dans les recoins obscurs et souvent cachés de leur âme. Ce pourrait être une leçon de vie précieuse à tous ceux qui lisent 'La Dame de la Mort'.

L'Énigme de Dr. Thomas Neill Cream.

Nous sommes en 1840, dans l'effervescence industrielle de Glasgow, en Écosse. Un fumet épais de charbon saturait l'air, étouffant la lumière du soleil et grisant le ciel. L'immensité des bâtiments en pierre se dressait majestueusement, dominée par les tours de la cathédrale qui trônaient sur la ville, toujours vigilantes. Dans cette métropole gorgée de vie, se nichait une famille résolue à se forger un destin brillant.

Dans les entrailles de cette cité brumeuse, Thomas Neill Cream voyait le jour. Fils d'un instituteur respecté et d'une mère dévouée, Thomas ne manquait de rien. Son enfance fut rythmée par les rigoureuses leçons de son père et les câlins discrets de sa mère. Mais le jeune Thomas n'était pas un enfant ordinaire. Derrière son regard candide se cachait une intelligence sournoise et un fort penchant pour la manipulation.

Élève brillant, affable avec ses camarades, Thomas suscitait l'admiration. Mais ce n'était qu'en pure superficialité que ces qualités semblaient exister. Sous cette mascarade d'harmonie se dissimulait un esprit sournois, un désir grandissant de dominance. Sa fascination pour la médecine semait les premières graines d'une passion malsaine pour la mort elle-même.

Comme toute jeunesse, l'adolescence apportait aux adolescents de Glasgow l'occasion de découvrir l'amour, se faufilant doucement dans leurs cœurs innocents. Pour nos jeunes écossais, surtout ceux de sexe féminin, l'arrivée du séduisant Thomas était une vraie aubaine. Mais derrière le charme du futur docteur s'opérait un dessein des plus macabres.

Les premières à succomber à son charme furent les filles de la bourgeoisie locale, ravies par sa distinction et son charisme magnétique. Des relations amoureuses naissaient, mais disparaissaient presque aussi vite, laissant derrière elles une traînée de cœurs brisés. Puis les rumeurs commencèrent à circuler. Des "accidents" inopinés, des "maladies soudaines" atteignant ces mêmes jeunes femmes qui avaient flirté avec l'énigmatique Thomas. Les murmures se transformaient alors en angoisse étouffée, mais Thomas, gourou de la dissimulation, contournait les soupçons avec un talent diabolique.

Chaque drame laissait Glasgow secouée, chacune de ces tragédies attribuées à la malchance. Mais un spectre sinistre commençait à se dessiner ombrageusement, un phénomène que personne n'osait nommer, et dans l'ombre de ces morts inattendues se dessinait un visage bien connu, un visage souriant et innocent. Le visage de Thomas Neill Cream.

Qui était réellement ce jeune homme séduisant ? Un futur médecin promis à un grand avenir ou un sombre faucheur d'âmes, expert dans l'art de la dissimulation ? Tout cela était encore incertain, laissant la cité de Glasgow dans le tourment de l'inquiétude. Le voile sur la vérité restait farouchement accroché, dissimulant la noirceur tapie en silence sous l'obscurité. Les premières pages sombres du livre de la vie de Thomas Neill Cream venaient d'être écrites, annonçant un avenir où le sang coulerait plus abondamment que l'eau du Clyde qui traversait Glasgow. Ainsi, au cœur de cette brumeuse Glasgow du XIXe siècle, sous les regards interdits et les murmures discrets, l'étrange Thomas Neill Cream grandissait en stature et en notoriété. Son talent se révélait indubitablement distingué dans le domaine médical, tant et si bien qu'il réussit à obtenir une place dans la prestigieuse université d'Edimbourg.

Le frisson glacé de l'horreur continuait néanmoins à infiltrer la loge secrète des rumeurs glaswégienne. "Accidents" devenaient synonymes de Thomas ; "morts subites", des mélodies funestes jouées par le faucheur séduisant. Thomas quant à lui avançait, impassible, nourrissant la grande faucheuse avec une délicieuse indifférence.

Au sein même de l'éminente institution médicale, son habileté à étudier et sa capacité manipulatrice à instaurer un climat de confiance étaient inégalées. Professeurs et étudiants étaient tous charmés et enchantés par ce jeune prodige. Mais oserais-je dire que Thomas utilisait ces heures laborieuses pour parfaire son art funeste ?

La découverte des sciences anatomiques faisait ressortir chez lui une sordide fascination pour la mort et ses mystères. Avec un scalpel entre ses mains, Thomas disséquait les cadavres avec une aisance déconcertante, semblant toujours prêt à résoudre l'énigme de la mort avant même qu'elle ne frappe.

Passer sous silence le magnétisme de Thomas serait une erreur. Sa charpente robuste et sa distinguée prestance rendaient les jeunes femmes de Glasgow vulnérables à son charme funeste. Cependant, ces douces créatures semblaient peu à peu disparaître à la suite de rencontres avec le séduisant Thomas, laissant derrière elles des veuves de leurs propres vies.

Une effrayante réalité s'installait lentement mais sûrement dans le ventre de Glasgow : le charmant Thomas n'était peut-être pas aussi inoffensif qu'il en avait l'air. Porte-t-il vraiment la mort avec lui ? Qui était donc cet homme aux allures de séducteur néfaste ? Était-il le démon que murmuraient les rumeurs ?

La confusion agitée mêlée à un sentiment d'horreur grandissant enflait à Glasgow à mesure que Thomas, toujours insensible à ces chuchotements, continuait de briller dans sa discipline. Sa maîtrise des pratiques médicales semblait presque inhumaine, son assiduité anormalement insatiable.

Tandis qu'il grandissait professionnellement, le glas sonnait pour ses amours passagères. Le motif semblait clair comme du cristal pour certains, bien que l'absence de preuves concrètes s'avérât une contrainte majeure. Comment un si brillant médecin pourrait-il être un sinistre faucheur d'âmes ?

Toutefois, une étrange perspicacité commençait à éclore parmi les intellectuels de la ville. D'éminents médecins commencèrent à désigner Thomas comme un cas hors du commun, mais ignoraient encore l'horribles vérités cachées derrière ses yeux froids. Les actes de Thomas Neill Cream n'étaient peut-être pas le fruit d'une coïncidence, mais bien d'un dessein calculé : un jeu morbide où seules la mort et la désolation étaient les gagnantes. La liberté avait un goût amer, le Dr Thomas Neill Cream le réalisa lorsqu'il franchit les grilles de l'institution pénitentiaire de l'Illinois. Condamné pour un meurtre commis aux États-Unis, son séjour derrière les barreaux lui avait fait connaître l'humiliation de la captivité. Mais, ses crimes anglais restaient encore enfouis dans les profondeurs de l'oubli. Thomas rendu à sa liberté savait que ce n'était qu'une question de temps avant que son insatiable désir de contrôle ne le consume à nouveau.

En 1891, après dix ans d'incarcération, Thomas posa de nouveau le pied sur le sol britannique. Londres, la ville de ses premières victimes, retrouvait son bourreau. Les morts suspectes de jeunes femmes recommençaient à semer le trouble et la peur dans les rues de la métropole. Des prostituées empoisonnées à la strychnine fleurissaient dans les quartiers sordides. Chaque victime racontait la même histoire terrifiante, une ultime rencontre avec un homme bien habillé, un homme qui partageait pension avec la mort.

Pendant ce temps, les investigations policières sombraient dans une impasse profonde. Elles naviguaient dans un océan d'indices brumeux s'efforçant de relier les pièces tordues de ce puzzle macabre. L'ombre de Thomas plane sur eux sans qu'ils en aient conscience. Habilement, par des manipulations savamment orchestrées, il créait un labyrinthe énigmatique, un dédale infernal où il cherchait à perdre les forces de l'ordre.

Mais, un inspecteur, éreinté par la corrélation possible de ces crimes et l'intuition d'un lien avec le chirurgien écossais, commença à creuser plus profondément. Son nom était Frederick Smithson, un homme qui avait consacré sa vie à résoudre des mystères, même ceux qui semblaient impossibles à décrypter. Il commença à récolter discrètement des indices, à suivre des pistes invisibles et à ressusciter d'anciens dossiers.

Chaque meurtre amenait Cream à être de plus en plus audacieux. C'était comme si, comme un papillon qui danse avec insouciance autour d'une flamme, il jouait dangereusement avec son destin. Et malgré ses efforts pour brouiller les pistes, les murailles de son ignominie se fissuraient lentement. L'impitoyable roue du karma avait commencé à tourner. Les enjeux grandissaient à chaque pas, la chasse au monstre devenait plus intense.

Un soir de 1891, alors que la ville était engloutie dans un brouillard glacial, une autre victime fût découverte. Cela provoqua une agitation furieuse parmi les forces de police. La tension envahit les rues de Londres, les citoyens vivaient dans l'anticipation d'une nouvelle victime, d'une nouvelle horreur. La partie de chat et de souris entre Thomas et la police avait atteint un niveau de pression insupportable. La ville était au bord d'une explosion et chaque nouveau crime exacerbait la peur rampante.

Smithson intensifia son travail, fouillant avec acharnement chaque détail de la vie de Thomas, chaque fil de sa toile empoisonnée. Son intuition de policier lui murmura que Cream pourrait bien être le monstre qu'ils cherchaient tous à arrêter.

La confrontation entre Smithson et Thomas était inévitable. Deux joueurs dans un jeu d'échecs mortel, chacun manœuvrait habilement ses pions. Deux esprits intelligents, engagés dans une lutte de pouvoir sombre et orageuse. Le feu sacré de la justice était sur le point de se heurter à la froideur diabolique de la malfaisance dans une confrontation dont l'écho résonnerait dans les annales de l'histoire criminelle. L'automne 1891 avait vu Londres plonger dans un brouillard dense qui sembla refléter l'état d'esprit sombre de la ville. Tandis que les feuilles mortes tourbillonnaient dans les rues, une autre femme fut retrouvée morte, une fiole de pilules vides à sa portée. Les murmures de peur circulaient à nouveau. Le diable avait-il réellement ressurgi des ténèbres ? Se cache-t-il sous le masque d'un médecin guérisseur, en réalité, faucheur de vies ?

La vérité demeurait telle une ombre danseuse dans le brouillard, insaisissable. Mais au sein de la Metropolitan Police, un détective avait repris l'affaire en main : l'inspecteur Harold McIntyre, qui avait gravi les échelons grâce à son sens aigu du détail et son esprit patient. Il avait conservé les rapports de tous les décès suspectes de ces dernières années, avec une photographie de chaque victime.

Tous les soirs, dans la quiétude de son bureau, McIntyre observait leurs visages, recherchant un indice, un fil d'Ariane dans ce labyrinthe obscur. C'est alors qu'il releva un point commun entre toutes les victimes : elles fréquentaient en effet toutes un certain médecin, Thomas Neill Cream. McIntyre se concentra sur ce dénominateur commun et commença à remonter le fil.

C'est alors que l'impensable se produisit. Lors d'une soirée mondaine de novembre 1891, Thomas Cream, au cœur de toutes les attentions, ne put s'empêcher d'étaler son orgueil. Au sein d'une fusion d'éclats de rire et de mélodies de violon, il laissa échapper en confidence à un collègue médecin : "J'ai le pouvoir de vie et de mort. Je pourrais tuer n'importe qui, et on ne pourrait rien faire pour m'arrêter."

Que savait-il que le collègue en question avait un frère dans la police ? Les mots de Cream, d'abord perdus dans le brouhaha de la soirée, finirent par atteindre la Metropolitan Police. L'information était vague, basée sur des rumeurs de soirée, mais suffisante pour que l'inspecteur McIntyre décide de fouiller dans le passé de Cream.

Tandis que l'hiver recouvrait Londres de son drap blanc, la police découvrit une série sordide de décès suspects datant de l'époque où Cream exerçait aux Etats-Unis. Bientôt, tout s'assembla pour McIntyre : le modus operandi identique, les victimes partageant le même profil, les morts suspectes à Londres. Cream ne pouvait plus nier.

Le piège s'était enfin refermé. Le matin du 22 janvier 1892, les journaux crièrent leur titre au vent glacé de Londres : "Le tueur aux pilules capturé!". Thomas Neill Cream, le médecin respecté, l'homme en qui l'on avait confiance pour soulager nos maux, était un loup déguisé en agneau.

Mais à mesure que Cream retrouva la froideur des cellules de Newgate Prison, le mystère demeurait.

Combien de femmes avait-il tuées réellement ? Combien de vies avait-il éteintes ? Quand bien même le monstre semblait enfin en cage, la terreur qu'il avait semée continuait de hanter les cœurs des londoniens. Et tandis que le bruit des portes de la prison fermées résonnait dans la froide nuit d'hiver, la question persistait : le Mal était-il vraiment enfermé ou se propageait-il ailleurs, dans l'ombre, attendant son prochain acte funeste ?

Dans l'aube naissante de Londres, un vent glacial soufflait à travers les rues de la ville. C'est à cette heure précise que Thomas Neill Cream se retrouvait dans la salle d'audience, son visage blême se détachant de manière grotesque sur la toile sombre de son existence. Dehors, le brouillard tombait en draperies épaisses, comme pour celer le destin tragique d'un homme qui avait abusé de sa position et manipulé la confiance de nombreux innocents.

Le procès était solennel, et tandis que les détails sordides de ses crimes étaient dévoilés l'un après l'autre, la salle d'audience grelottait d'horreur. À chaque aveu, à chaque témoignage, l'image de ce médecin respecté s'effaçait, laissant place à la réalité d'un monstre.

La justice agissait, inexorable, exposant les tâches indélébiles qui disséquaient l'existence de Cream. L'homme, créature d'apparence effrayante et absolue, restait debout tout au long du procès, son regard fixe, indéchiffrable.

Des femmes, des visages, des noms, des vies éteintes trop tôt défilaient, retraçant un chemin sanglant à travers une dizaine d'années. La peine du jury était sans appel. Cream fut condamné à mort, son destin crucifié à la croisée de sa folie et de ses actions.

L'annonce de la sentence jeta un froid dans la salle, un silence lourd qui semblait absorber toute lumière et tout espoir. Pourtant, dans la vague de désolation qui engloutissait les personnes présentes, un soupçon de soulagement se faisait sentir. Le monstre était vaincu.

Alors que le brouhaha de la salle d'audience se dissipait lentement, l'écho de cette affaire résonna à travers Londres et bien au-delà. L'histoire du Dr. Thomas Neill Cream, le médecin meurtrier, le loup déguisé en agneau, resterait gravée dans les annales de la ville.

Ainsi, la vie continua dans son cours inlassable, la justice avait parlé, les âmes étaient vengées. Les jours passèrent et les gens commencèrent à reprendre leur quotidien, la terreur laissant place à une amertume résiduelle. Les femmes que Cream avait séduites et tuées ne furent jamais oubliées, leurs histoires gravées dans l'âme collective de la ville.

Pourtant, le spectre de Cream persistait, soulevant des questions poignantes sur les abus de pouvoir, l'injustice et la défaillance de la société. Comment un homme pouvait-il commettre de tels actes sans être démasqué pendant aussi longtemps ? Combien d'autres monstres se cachaient derrière le voile du respect et du professionnalisme ?

La conclusion de cette histoire, bien qu'incitant au soulagement, invitait également à la réflexion. Le cas de Cream, aussi révoltant soit-il, servait de miroir aux défaillances de notre société. Il révélait non seulement l'importance de rester vigilant face aux abus de pouvoir, mais aussi le besoin de justice pour tous, quelles que soient leurs origines ou leur condition sociale.

C'est ainsi que l'histoire de Cream, avec toute son horreur et sa cruauté, laissait au monde une leçon difficile mais nécessaire. Une leçon sur la réalité des monstres qui se cachent parfois derrière les visages les plus respectés, sur la négligence collective qui leur permet de prospérer, et sur l'importance de la justice pour les victimes, souvent les plus vulnérables parmi nous.

Et pendant que Londres se relevait lentement des ombres de ce cauchemar, l'écho de l'histoire de Thomas Neill Cream continuait de raisonner, un avertissement morne et puissant pour les générations à venir. Mais aussi un rappel que même dans l'obscurité la plus profonde, il y a un espoir pour la justice, un espoir pour la lumière. Un espoir qui permet à l'humanité de se battre contre les monstres cachés parmi nous.

Note de réflexion : Comprendre les racines de l'obsession de Thomas Neill Cream.

Thomas Neill Cream, un criminel connu et justement vilipendé pour ses frasques meurtrières. En dépeignant sa vie, je me suis trouvé confronté à la question déroutante - Comment un homme peut-il engendrer une telle quantité de mal ? Si l'on grattait la surface de Cream, on trouve un homme profondément perturbé dont les actes, bien que dégoûtants et impardonnables, étaient le produit d'un environnement toxique et un manque terrible d'empathie.

Sa soif inextinguible de contrôle sur les femmes semble trouver ses racines dans les pressions de sa jeunesse et les attentes sociales rigides de son époque. Bien que rien ne puisse excuser ses crimes odieux, il est essentiel de chercher à comprendre ces racines pour empêcher de tels actes de se reproduire.

Cream n'a pas seulement été un tueur : il a été un produit de son époque, un symptôme d'une maladie sociale plus vaste qui valorisait le pouvoir et la réussite sur le respect et l'humanité. C'est en reconnaissant ces tendances que nous pouvons, en tant que lecteurs et en tant que société, apprendre de cette histoire terrifiante et prendre des mesures pour empêcher la naissance d'un autre "Dr. Thomas Neill Cream".

Fritz Haarmann : Le Vampire de Hanovre.

Hanovre, Allemagne, 1924. En parcourant les rues sinistrées de la ville post-Guerre, on pouvait facilement sentir l'odeur de la peur, mêlée à celle de la fumée et de la désolation. Les façades cédaient sous les coups de la poudre, les poutres explosaient en poussière, les pierres tombaient de haut, s'écrasaient aux pieds des passants devenus désormais des spectateurs impuissants de leur propre chagrin.

Un homme attirait pourtant immédiatement l'attention, plus encore que la béance des bâtiments écroulés. Fritz Haarmann. De stature moyenne, il portait sur lui la marque indélébile du temps et des épreuves. Son visage, émacié et buriné, était surmonté de courts cheveux noirs qui se dressaient comme autant de serpents sur sa tête. Deux yeux insondables, noirs comme des puits sans fond, se trouvaient nichés sous des sourcils épais et interrogateurs. Ce regard, s'il pouvait perturber, n'était pas dénué d'un certain magnétisme.

Fritz Haarmann était un homme empreint de mystères, contrastant avec la banalité brute qui le caractérisait à première vue. Ses historiettes pittoresques égayant les passants, son sourire charmeur malgré les commissures des lèvres tombantes, tout contribuait à faire de lui une figure des plus notables au sein de la populace locale. Il avait réussi grâce à son charisme à faire prospérer son petit trafic d'envergure, faisant circuler des marchandises dans la pénombre de la clandestinité, une activité qui avait fini par lui valoir une notoriété certaine, ainsi que le respect, peut-être même l'admiration des plus jeunes.
Parmi la foule, nombre de visages étaient empreints de sympathie à son égard, et pourtant, comme une ancre échouée au plus profond de l'océan, une inquiétude sourde persistait. Des disparitions inexplicables commençaient à assombrir la communauté. De jeunes

hommes, parfois adolescents, faisaient leurs adieux sans laisser de trace. Certains mettaient ces disparitions sur le dos de la guerre, d'autres parlaient de malédiction, de spectres, de créatures de la nuit. Peu nombreux étaient ceux qui cherchaient à comprendre, en quête de la vérité parmi les ténèbres qui s'épaississaient.

La police locale, malgré ses efforts, se heurtait à un mur de silence et d'incertitude. Les soupçons naissaient, se renforçaient, titubaient puis mouraient, laissant place à de nouveaux, dans une danse macabre qui semblait ne pas vouloir s'arrêter. Et au cœur de cette valse morbide, un air lugubre persistait, celui du charme trouble et mystérieux d'un homme ordinaire, Fritz Haarmann. Un secret qui ne tarderait pas à émerger des ombres, aussi sombre que l'insondable profondeur de ses yeux.

Le secret indicible sur Fritz Haarmann s'imposait peu à peu dans l'esprit des habitants de Hanovre. Derrière les sourires, les échanges amicaux, et le commerce prospère, le silence de l'homme dégageait une aura d'effroi que nul ne pouvait se résoudre à ignorer.

Et les disparitions ? Comment ignorer aussi la chaîne ininterrompue d'adolescents et de jeunes hommes qui s'évanouissaient dans l'air comme des bulles de savon ? Mais Haarmann, à l'aide de son charme, de son aura étrangement hypnotique et de son influence indomptable sur la population, maintenait un silence tranquille qui laissait à la peur le soin de combler les vides. Ce n'était pas la guerre qui prenait ces jeunes hommes. C'était autre chose, une présence insidieuse, une ombre qui se développait et prenait forme dans l'esprit collective de la population. Qui pourrait bien en être responsable, si ce n'est l'homme simple qui se cache sous la guise d'un vendeur d'occasion ? Le poids des disparitions inexpliquées menaçait de fracturer la réalité même de Hanovre.

La police enquêtait avec acharnement, luttant contre la peur, le suspense et la frustration qui tels des fantômes, semblaient hanter chaque ruelle, chaque coin sombre de la ville. Les visages des enfants disparus, fixés sur les affiches, hantaient les esprits des habitants, les rappelant à une triste réalité qu'ils auraient tant aimé nier. Parmi eux, un en particulier retint l'attention de la police. Ernst, un ancien complice de Haarmann, disparu dans des circonstances aussi étranges que celles des autres jeunes hommes. Malgré les liens avérés entre le disparu et Haarmann, la police continuait à buter sur le mur de glace que le vendeur réussissait à ériger autour de lui. Le sourire charmeur, la plaisanterie décontractée, tout cela n'était que des distractions, conçues pour distraire de la vérité. Les jeunes amis d'Ernst, parmi eux Karl et Georg, ne furent pas dupes. Ce furent eux qui brisèrent la glace, déclenchant par un témoignage tardif, mais accablant, une avalanche de preuves contre Haarmann. Ils racontèrent comment Ernst s'était rapproché de Haarmann, comment il avait confié son intention de visiter le marchand tard dans la nuit le jour de sa disparition. La révélation déclencha un tourbillon d'enquêtes, de rumeurs et de tension qui se conclut par une perquisition de la demeure de Haarmann. Des traces de sang, des effets personnels appartenant aux disparus, et cette traînée inquiétante qui menait à la cave. Au plus profond du labyrinthe créé par Haarmann, la vérité émergea finalement. Le visage jovial et charmeur qui cachait un monstre, une bête qui se nourrissait de chair humaine. Les ombres de Hanovre étaient levées. Le monstre enfin révélé au grand jour et la justice pouvait rendre son verdict.

Mais alors que l'horreur se dévoilait dans toute sa vérité sanguinaire, une question persistait – combien d'autres monstres se cachaient derrière des masques de banalité, attendant leur chance de frapper ? Pour les habitants de Hanovre, la peur ne faisait que commencer. La peur d'un nom, Fritz Haarmann, et de son héritage sanglant, qui hantait désormais chaque regard, chaque souffle de cette ville autrefois prospère. Un nom, un visage, qui se doublait maintenant d'une effigie monstrueuse : le Vampire de Hanovre. Les rues de Hanovre étaient silencieuses et sombres ce soir-là. Les lampadaires émettaient une faible lueur, projetant des ombres grotesques sur les trottoirs désolés. L'horloge sur la tour de l'église locale a sonné minuit. Fritz Haarmann, dans son manteau noir usé, marmonna une blague en se rappelant la superstition populaire sur les fantômes apparaissant à minuit. Le vent siffla de concert avec sa ricanerie tordue. Accompagné d'un anonyme pour la soirée, un petit blond aux yeux bleus, Haarmann l'emmena vers son domicile, promettant un abri et un meilleur lendemain. Les calèches grinçantes et l'absorption du jeune homme dans ses promesses vides laissèrent passer le sinistre sous-texte de la rencontre. Au même moment, le commissaire Borchert, insomniaque à son bureau, examinait les rapports de disparition récents. La mèche de sa lampe de bureau se desséchait lentement à mesure que les heures avançaient. L'horreur qui se profilait n'avait pas encore frappé. Un même nom revenait encore et encore dans les témoignages de dernière vue. Fritz Haarmann. Borchert griffonna ce nom sur un bloc-notes, fronçant les sourcils en constatant l'étrange coïncidence.

Dans le quartier populaire, des rumeurs insidieuses commençaient à prendre forme. La viande que Haarmann offrait généreusement aux voisins n'avait pas le goût ou la texture habituelle. Certains murmuraient que des membres de la famille avaient eu des réactions allergiques graves à cette viande. Une atmosphère de méfiance commençait à infiltrer la communauté auparavant conviviale. La famine omniprésente et le désir de survie permit cependant à ces rumeurs de rester à l'état de chuchotements. Un matin froid, Fritz fut arrêté dans la rue par Borchert. Le nez de l'officier était rougi par le vent hivernal, mais ses yeux brillaient d'une détermination froide. Il questionna Haarmann sur sa relation avec les jeunes hommes disparus. Fritz, avec son sourire charmeur habituel, rétorqua qu'il aidait simplement les défavorisés à travers les temps sombres. Borchert, insatisfait mais sans preuves, le laissa continuer son chemin. Mais son intuition lui disait que quelque chose n'allait pas. Le bloc-notes avec le nom de Haarmann le hantait, le faisant se réveiller en sursaut dans les petites heures de la nuit suivante. Peu de temps après, un autre jeune homme disparut. Un visage souriant transformé en une photo décolorée sur un rapport de disparition. Vu pour la dernière fois en compagnie de Fritz Haarmann. Les murmures grandirent, la peur se fomenta dans chaque coin sombre de la ville, chaque couloir sombre avait ses propres secrets et murmures. Hanovre, autrefois insouciante et enjouée, était maintenant terrifiée. Fritz Haarmann gardait son sourire, continuant à offrir sa viande, ses plans funestes cachés derrière ses yeux sombres.

Le ciel de Hanovre était couvert de nuages, apportant avec lui une ambiance sombre et lourde. Le brouhaha de la ville vibrant avec la tension qui avait rempli l'air. Tous les yeux étaient tournés vers la rivière Leine, là où un spectacle macabre venait de trouver sa place. Un corps, gonflé et défiguré par le temps passé dans l'eau, avait été découvert. Parmi la foule, le commissaire reconnut les vêtements déchirés du dernier jeune homme à disparaître. Avec horreur, il confirma l'indicible vérité - une vérité qui allait plonger la ville dans la terreur. Le corps avait été atrocement marqué par des dents humaines. L'hypothèse que Haarmann puisse être le monstre derrière les disparitions, auparavant inconcevable, venait de prendre un poids terrifiant. Le commissaire ordonna aussitôt une fouille exhaustive de la résidence de Haarmann. Chaque porte ouverte, chaque tiroir fouillé semblait exfiltrer une horreur manquée lors de la précédente visite. Des vêtements appartenant à d'autres disparus reposaient soigneusement pliés dans une commode, des chaussures alignées comme dans une boutique, toutes appartenant à des jeunes hommes de la ville. Pire encore, des os avec des marques similaires à celles trouvées sur le corps découvert dans la rivière Leine étaient dispersés comme des souvenirs macabres. Le démenti aimable et le sourire charmant de Haarmann évanouirent face aux preuves irréfutables et il fut arrêté dans l'angoisse et la consternation générale.

Devant la montagne de preuves et les accusations sévères, enfin, Haarmann s'effondra. Avec une voix sans émotion, il avoua à la police la vérité effroyable derrière les disparitions. Haarmann était un tueur. Un tueur en série qui avait séduit et charmé les jeunes hommes avant de les assassiner. Le ragoût savoureux, que ses voisins décrits comme « différend mais délicieux » n'était autre que les restes des victimes, découpées et préparées avec soin. La révélation de Haarmann glaça le sang de ceux qui entendirent la confession. Le tueur en série, dont le visage amical avait trompé une ville entière, était démasqué. Le monstre de Hanovre était enfin dévoilé, révélant une vérité trop horrifiante à imaginer. La justice allait enfin pouvoir être servie, mais à quel coût pour la communauté ? Dans une Hanovre déchirée par la guerre et à présent dévastées par la peur, l'horreur de ses crimes allait laisser une marque indélébile sur son âme. Le vampire de Hanovre avait été retrouvé, et la terrifiante réalité que le monstre avait vécu parmi eux allait hanter ses habitants pour les années à venir.

Dans le cri étouffé de l'aube naissante, le tribunal de Hanovre rendait son jugement. Fritz Haarmann, le Vampire de Hanovre, était condamné à mort. Les visages des spectateurs reflétaient une goulée amère de justice servie, tandis que l'écho de ses crimes roulait toujours dans leurs esprits, une roue dentée corrodée par l'horreur et la trahison. Pour le reste de la ville, la nouvelle du jugement final était une ombre tombée dans l'eau glacée de la Leine ; elle répandait des ondulations sombres mais laissait encore la réalité émerger. Les bribes des marchandises de Haarmann, la viande qu'ils avaient savourée, le rire jovial qu'ils avaient partagé, tout cela paraissait désormais macabre. Le calme et le silence qui suivirent le jour du jugement parurent étrangement pesants. Chaque coin de Hanovre semblait avoir été peint sur une toile sombre, ornée de réminiscences de vies perdues et de sourires effacés. Là où autrefois des enfants couraient joyeusement vers Haarmann, il ne restait maintenant que des ruelles vides plongées dans la peur et l'ombre de la suspicion. Le jour de l'exécution, alors que la lame de la guillotine s'abattait sur le cou de l'homme autrefois connu comme le "Boucher de la Leine", un soupir collectif résonna à travers la ville. Pas un soupir de soulagement, mais d'effroi et de regret. Les yeux qui regardaient Haarmann pour la dernière fois étaient vidés de toute humanité, comme si l'homme sur l'échafaud avait volé la dernière étincelle qu'ils avaient eue.

Dans les mois qui suivirent, Hanovre tenta de panser ses plaies. Les histoires de Haarmann devinrent des légendes sombres, des contes que l'on racontait aux enfants rebelle pour les effrayer. Pourtant, malgré la terreur, une étrange forme de résilience germait lentement dans le cœur de la ville. La vie reprit son cours, les marchés bruissèrent à nouveau de voix et de rires, mais la mémoire des vies volées restait, à jamais gravée dans l'âme de la ville. Quant au commissaire, il ne put oublier, noyant sa culpabilité et son impuissance dans des nuits silencieuses à prier pour les âmes perdues. Il avait cherché la vérité et l'avait trouvée, mais au prix de la découverte de la monstruosité obscure qui pouvait se cacher au sein de la nature humaine. Fritz Haarmann, le Vampire de Hanovre, fut exorcisé de la ville, mais demeura un fantôme inoubliable, un sinistre écho d'une époque qui forçait l'Homme à voir le reflet effrayant de son propre potentiel pour le mal. Cela conduisit à une profonde réflexion sur la nature humaine, sur la fine ligne entre l'homme et le monstre. Hanovre aurait sûrement suivi son cours sans la présence de Haarmann, mais il avait laissé une cicatrice indélébile et une leçon implacable.

Les habitants de la ville apprirent que le mal n'a pas toujours une apparence diabolique, qu'il peut se cacher derrière les visages familiers, se lover dans les coins les plus tranquilles. Il n'y aurait plus de retour à l'innocence perdue. Mais la ville, bien que marquée, s'efforçait de guérir de cette tragédie, grandissant à partir de ses cendres, condamnée à se rappeler l'horreur, mais déterminée à la surmonter. Ce n'était pas la fin qu'ils voulaient, mais c'était celle qu'ils devaient affronter. Tout en honorant la mémoire des victimes, ils s'engagèrent à ne jamais oublier, et surtout à ne jamais permettre le retour d'un autre "Vampire de Hanovre".

Note de réflexion : Fritz Haarmann et la face cachée du mal.

Dans l'histoire de Fritz Haarmann, on observe une dissonance marquante entre la perception extérieure et la réalité cachée. Connu comme un citoyen respecté et affable, Haarmann se révèle être un monstre caché derrière un sourire charmeur et une personnalité joviale. Son histoire nous interpelle sur les dangers inhérents aux apparences trompeuses et met en évidence le masque parfois porté par les individus pour déguiser leurs intentions malveillantes. Cela nous amène à questionner la nature du mal et les limites de notre capacité à déceler les intentions des autres. Dans notre quête de sécurité et d'ordre, nous tendons à faire confiance à nos perceptions immédiates, oubliant qu'elles peuvent facilement être manipulées. L'histoire de Haarmann sert alors d'avertissement, nous rappelant que la réalité peut être bien plus complexe et terrifiante que ne le suggèrent nos premières impressions. Ainsi, tout comme les habitants de Hanovre d'après-guerre, nous sommes conviés à remettre en question notre confiance naïve dans les apparences, pour apprendre à détecter les signes plus subtils qui, même en l'absence de preuves concrètes, peuvent indiquer une réalité plus sombre. Dans cette optique, l'histoire de Fritz Haarmann résonne comme une leçon de prudence et de vigilance, nous exhortant à ouvrir les yeux sur les réalités cachées derrière les masques de l'apparence.

Gilles de Rais : Le Baron Sanguinaire.

Le bruit d'un vent hivernal balayait le paysage morne de la Bretagne. L'imposante forteresse de Machecoul se dressait fièrement dans l'immensité désolée, comme un géant de pierre veillant sur son royaume. Dans ses vastes salles résonnaient les éclats de rire d'un enfant et les échos creux de l'histoire qui s'écrivait.

C'est ici que notre sombre histoire commence, au cœur de ce château, lieu de naissance du jeune Gilles de Rais, dernier héritier d'une lignée prestigieuse, son destin déjà tracé parmi étoiles et ténèbres. L'enfant est grand pour son âge, les traits déterminés, reflétant déjà sa destinée tumultueuse. Élevé dans un cocon de soie, le luxe, l'oisiveté et l'opulence ont façonné le caractère du jeune garçon. Mais l'on distingue une curiosité sombre dans son regard azuré. La Bretagne de cette époque est sombre, tourmentée par la guerre de Cent Ans qui fait rage. Les champs autrefois verdoyants sont maintenant écarlates et désertés. Le crépitement des feux et les batailles lointaines sont le lugubre requiem pour ce pays qui autrefois respirait la paix et la tranquillité. En grandissant, Gilles est attiré par l'inconnu et tend vers des centres d'intérêt plutôt macabres.

Son précepteur, François Prelati, un homme au charme étrange et hypnotique, lui inculque la fascination du mysticisme, des énigmes ésotériques, des arts sombres et des promesses d'une vie éternelle. Il suscite en lui une attirance malsaine pour l'au-delà, dans une époque où la société est gouvernée par les fables et les croyances.
Malgré le contexte sombre, Gilles nous apparaît comme un personnage solaire, empreint d'un charisme irrésistible. Jeune, brillant et insatiable, ses aventures héroïques le mènent jusqu'au maître d'armes du roi où, grâce à son charme et sa prestance, il devient une figure respectée et aimée de tous. Le contraste est frappant.

D'un côté, le jeune héros, sur lequel repose les espoirs de la France, l'autre le Gilles nocturne, hanté par des images de rituels étranges et terrifiants et fasciné par la promesse de l'immortalité.

Le paysage sombre de la Bretagne, déchiré par la guerre, est le témoin silencieux de cette dualité. Sa noblesse apparente est un voile séduisant qui dissimule une noirceur à peine perceptible, tout comme le jeune Gilles lui-même. La vie de Gilles et celle de la Bretagne sont des miroirs se reflétant l'une dans l'autre. Tout comme le pays, Gilles est aussi à un carrefour. Mais au lieu de choisir, il oscille. Entre l'éclat et l'ombre, le salut et la perdition, la vertu et la dépravation. Les cloches de Machecoul carillonnent avec mélancolie, repliant la Bretagne sous un manteau de tranquillité trompeuse.

Gilles, à présent âgé et respecté, se languit des sensations que ne peuvent plus lui apporter les combats. Son âme est hantée, tendue entre d'inquiétantes obsessions et les responsabilités de la noblesse. Il s'engage de plus en plus dans la limite entre la science rationnelle et les arts sombres, il explore l'inconnu. Les nuits passées dans la bibliothèque du château sont marquées par la chandelle vacillante dévoilant des pages antiques mystiques et des dessins fantasmagoriques. Les heures s'étiolent, chaque goutte de cire tombant du chandelier est le tic-tac sinistre de son cheminement vers l'obscurité.
Les jeux innocents auxquels participaient les enfants des alentours s'achevaient à coup sûr par leur disparition mystérieuse. Les murmures des villageois autour du château grandissent. Un sentiment de peur se taille sa place dans leurs cœurs. Malgré les bruits qui couraient, l'éclat de sa noblesse et son statut de héros lui fournissent

une armure contre les suspicions grandissantes, un bouclier de respectabilité derrière lequel ses actes les plus sinistres restent à l'abri des regards indiscrets de Machecoul.

Cependant, les rumeurs de la disparition des enfants ne peuvent être ignorées éternellement. Le roi, alarmé par ces disparitions sinistres et les étranges récits de ses sujets, envoie son meilleur enquêteur, Jean De La Salle, à Machecoul. Sa mission : mettre fin à l'angoisse qui terrifie la région. De La Salle, homme de raison et de justice, s'engage dans l'enquête avec une détermination impassible. Sa première rencontre avec Gilles s'avère troublante. L'aura de Gilles est presque hypnotique, mais l'inspecteur ne peut s'empêcher de voir dans ses yeux une ombre insondable et effrayante. L'enquête mène De La Salle à travers la Bretagne dévastée.

Les terres qui autrefois fleurissaient d'innocence et de joie sont à présent un terrain de désolation abritant une terreur sans nom. Chaque parent éploré, chaque chambre d'enfant vide apportent à l'enquêteur une détermination supplémentaire pour lever le voile sur ces disparitions inexpliquées. Le sentier le mène au coeur des bois sinistres, à la recherche d'une vérité enfouie sous des couches de mensonges et de faux-semblants. Une vérité si monstrueuse que la réalité sans fard risque de s'avérer plus angoissante que la peur elle-même. Tandis que le vent hivernal glacial continue de souffler sur la Bretagne, le mystère qui se noue autour de Gilles de Rais commence à prendre forme, esquissant un des chapitres les plus sombres de l'histoire... Les années avaient passées en un souffle pour Gilles de Rais, entre le maniement de l'épée sur les champs de bataille et les chuchotements des ombres dans les recoins de son château. La disparition de Jeanne d'Arc avait laissé une plaie béante en lui, qui ne faisait que se gorger de ténèbres. Rongé par un sentiment d'abandon, une solitude insoutenable, Gilles s'engouffrait dans un univers de folie.

Le château de Machecoul, jadis un lieu de faste et de liesse, s'était transformé en un lieu sombre et angoissant. Les couloirs autrefois emplis des rires des courtisans résonnaient désormais des échos lointains de plaintes étouffées et de rires sadiques. Les nuits dans le château étaient teintées d'un obscur mystère, les cris des innocents imprégnant les murs.

Gilles semblait être devenu un fantôme, ses yeux autrefois captivants ne reflétaient plus que le néant. Un jour, Gilles disparut pendant plusieurs jours, sans laisser de traces. À son retour, il semblait transformé. Ses cheveux autrefois soyeux avaient commencé à tomber, sa peau autrefois lisse était maintenant marquée par des rides profondes et ses yeux autrefois brillants de vie, semblaient morts.

Plusieurs disparitions d'enfants étaient signalées dans les villages voisins. Les rumeurs se propageaient, attisées par la terreur visible dans le regard des villageois. Dans les tavernes, les murmures grandissaient. On disait que le Baron de Rais, anciennement admiré comme un héros, était devenu un monstre assoiffé de sang. Personne n'osait prononcer ces mots à voix haute, car personne ne voulait croire qu'un homme capable de tant de bravoure puisse commettre de tels actes. C'était un murmure parmi les villageois terrifiés, mais qui était entendu jusqu'aux confins du royaume. On racontait que les enfants disparaissaient, que les pleurs des mères résonnaient dans les ruelles étroites, que les prières des pères étaient devenues plus ferventes, plus désespérées. L'église, impuissante face à cette terreur, espérait que ces murmures n'étaient que des mensonges.

Mais une tension insoutenable pesait sur le royaume, la peur dans les yeux des fidèles parlait d'elle-même. Le clergé, malgré lui, commença à envoyer des émissaires pour surveiller Gilles, en quête de preuves. Le visage de Gilles, autrefois symbole de courage et de droiture, était maintenant une énigme. Son rire sonnait faux, ses yeux révélaient une noirceur que personne ne pouvait nommer et derrière son sourire affable, le mal reprenait ses droits, faisant grandir le fossé entre le seigneur à la réputation sans failles et le monstre qui émergeait de plus en plus. L'ombre du Baron Sanguinaire commençait à planer sur le royaume, faisant trembler chacun de ses sujets d'une terreur qui ne faisait que grandir.

Alors que la nuit enveloppait le château de son voile sombre, une autre enfant disparut. Et cette fois, il s'agissait de la fille du peintre du village, une figure notoire de la région. Les murmures se transformèrent en cris de révolte, la peur en indignation. Le royaume sombrait dans le chaos, les prières se faisaient insistantes, implorant une justice qui tardait à arriver. La discrétion n'était plus possible pour Gilles. Les émissaires de l'église renforcèrent leur surveillance, les regards curieux des villageois se transformaient en regards accusateurs. La vérité commençait à se frayer un chemin dans l'ombre du château de Machecoul, faisant trembler l'écho de l'horreur dans les murs. La vérité était sur le point d'éclater, bousculant tout sur son passage. La confrontation était inévitable et l'horreur des décrets de Gilles allait bientôt être révélée, bouleversant à jamais le royaume et les idéaux de l'époque.

L'automne de 1440 adoucit la sévérité des terres bretonnes avec ses éclats de couleurs pourpres et dorées. Pourtant, dans ces paysages pittoresques, l'horreur se glissait insidieusement, semant une graine de suspicion parmi les habitants des villages avoisinant le château de Machecoul. Les disparitions d'enfants commençaient à attirer l'attention du clergé et des nobles locaux. Une force sombre était à l'œuvre, la progéniture innocente de la région était aux prises avec un mal indicible.

Et c'est là que la justice prit sa première inspiration, entrecoupée d'un soupçon malveillant. Gilles de Rais, le seigneur de ces terres menacées, menait deux existences. Il restait le noble vétéran de guerre dans la lumière du jour, accueillant des banquets somptueux, partageant des histoires de son héroïsme guerrier avec l'élite de la société médiévale. Cependant, sous la lueur trompeuse de la lune, un autre Gilles émergeait, un baron sanguinaire assoiffé d'expériences occultes. Mais le destin ne reste impassible devant le cours inhumain des événements.

L'une des disparitions récentes d'un enfant recueillait la sympathie d'un notable clergé, déterminé à lever le voile sur le mystère des enfants manquants. D'une résolution d'acier, il entama une mission sans relâche pour dévoiler le monstre qui assombrissait la région. Le roi, averti de l'inquiétante situation, autorisa l'évêque de Nantes à ouvrir une enquête formelle sur la disparition des enfants. Les craintes du clergé se cristallisèrent lorsqu'ils parvinrent à un témoin clé, un valet du baron Gilles, prêt à relater les horreurs indicibles dont il avait été témoin.

De fil en aiguille, les éléments se rejoignaient contre le seigneur de Rais. Des accusations formelles furent portées contre lui, mettant fin à l'impunité de ses terribles méfaits. Un tribunal ecclésiastique fut mis en place, mené par le même évêque qui avait lancé l'enquête. Le jour du procès, la tension était palpable. Les accusations s'étendaient sur le vol, l'idolâtrie, la violation du sacrement de l'église et le meurtre d'innocents. Gilles de Rais, l'homme qui avait combattu aux côtés de Jeanne d'Arc et qui avait été autrefois un pilier de force et de vertu, était confronté à la réalité hideuse de ses actes. Le château de Machecoul, une fois symbole de sa grandeur, devenait un triste miroir de sa folie dépravée. L'interrogatoire de Gilles fut un moment de vérité brutale. Les aveux du baron, prononcés avec une étrange tranquillité, révélèrent l'ampleur effroyable de ses actes, ébranlant même les cœurs les plus endurcis du tribunal.

Condamné par ses propres aveux, le noble baron était destiné à l'échafaud. Néanmoins, dans ce moment de vérité brutale, la grandeur qui avait autrefois caractérisé Gilles de Rais refaisait surface. Faisant face à sa fin imminente avec un calme stoïque et dépourvu de crainte, Gilles semblait enfin confronté à la réalité de sa monstruosité. Le verdict fut prononcé, sans surprise : la mort. La sentence, appliquée avec une précision impitoyable, marquait la fin d'une époque de peur et d'incertitude et, avec elle, l'épilogue sordide de la vie de Gilles de Rais. Le noble seigneur était parti, le monstre était révélé et la justice, finalement servie en pays breton.

Au lendemain du jour où la lame tranchante a fait tomber la tête noble mais maudite de Gilles de Rais, un silence lourd et morbide couvrait la Bretagne. Le soupir de la mort était encore palpable, traînant avec lui les spectres des innocents qui ont, pendant trop longtemps, pleuré en silence dans les entrailles sombres de Machecoul. Chaque lieu qui avait connu les horreurs commises par de Rais résonnait maintenant d'un silence assommant. Les villages, les champs et les églises qui, autrefois, débordaient de vie et gaieté, ne sont maintenant que l'écho triste d'une joie perdue. Les jeux enfantins ont cédé la place à des cortèges de deuil, et les rires joyeux se sont transformés en sanglots amers. Dans les familles endeuillées résonnent désormais les pleurs des mères et l'inconsolable affliction des pères. Les frères et sœurs restants s'accrochent à chaque souvenir précieux de ceux qui ont été injustement arrachés à leurs vies. Il y a aussi les enfants qui, autrefois insouciants, ont dû grandir prématurément face à la brutalité indescriptible de la réalité.

La vie dans ces villages n'est plus comme avant. Le mage noir est mort, certes, mais la terreur et le deuil qu'il a laissés sont bien vivants. La justice, aussi sévère que puisse être son glaive, ne peut effacer la douleur ni combler le vide. Pour chaque famille, chaque vie détruite, le temps semble arrêté, et le chemin vers la guérison est semé d'innombrables épines. Pourtant, comme un timide rayon de soleil perçant une épaisse couche de nuages, une lueur d'espoir émerge lentement. La solidarité des villageois, la compassion des prêtres et l'engagement des autorités locales envers ceux qui ont souffert apportent un peu de réconfort. Leur détermination à ne pas laisser le mal vaincre donne à la région la force de continuer.

Chaque jour, petit à petit, ils reconstruisent leurs vies, paient leurs respects aux disparus et se soutiennent mutuellement pour surmonter cette immense tragédie.

L'histoire de Gilles de Rais restera un sombre rappel de l'atroce complexité de l'esprit humain. Quand nous regardons le baron déchu, nous voyons ce chef militaire vaillant, cet ami fidèle de Jeanne d'Arc et cet érudit passionné d'occultisme, mais nous devons aussi regarder l'assassin d'enfants, le mage noir et le monstre dissimulé derrière un masque de noblesse. Indubitablement, nous sommes amenés à nous interroger sur les motivations profondes de Gilles. Recherchait-il réellement l'immortalité à travers ses rituels sataniques, ou cherchait-il simplement à alimenter sa fascination malsaine pour la mort et la terreur ? Ou peut-être le plus sombre de tous les désirs, cherchait-il simplement à anéantir toute trace d'humanité en lui ? Finalement, l'histoire de Gilles de Rais sert de memento mori, un rappel sinistre de la mort et du mal qui peuvent habiter le cœur de l'homme. Et pourtant, elle sert aussi de témoignage à la force de l'esprit humain, capable de survivre dans l'ombre de la terreur, à la détermination à se reconstruire et à continuer à espérer même dans les heures les plus sombres.

Note de réflexion : Entrelacs de Gloire et de Sombre Fascination.

Il est intéressant, bien qu'incroyablement troublant, de s'immerger dans l'histoire de Gilles de Rais. Un personnage complexe, qui dans un premier temps, ressemble beaucoup à un chevalier exceptionnel, courageux dans la bataille, près de sa foi et loyale envers sa patrie. Il se lie même d'amitié avec une spectaculaire figure héroïque, Jeanne d'Arc. Cependant, sa fascination pour l'occultisme et son désir dangereusement distordu de l'immortalité conduisent à un tournant dévastateur dans son histoire : une plongée profonde dans la monstruosité. Ce qui nous intrigue particulièrement, c'est la contradiction manifeste présente dans ce récit. Comment un homme si noble et respecté peut-il devenir un personnage si sinistrement cruel et sadique ? C'est un rappel que les apparences sont souvent trompeuses, et qu'en dépit des titres et des honneurs, l'humanité peut abriter une noirceur terrifiante. Une autre réflexion qui émane de cette histoire, c'est le rôle de l'église, et de la société de l'époque en général, dans la perpétuation des crimes commis par Gilles. Avant que les preuves indéniables n'apparaissent, il y avait un déni ou peut-être une réticence à croire que quelqu'un de sa stature – un noble, héros chevalier – pourrait commettre de tels actes monstrueux. La descente aux enfers de Gilles de Rais nous rappelle que personne n'est à l'abri de sombrer dans l'obscurité, et que le mal peut habiter là où nous nous y attendons le moins.

Gordon Northcott : Le Cauchemar de Wineville.

Il y a une lente étrangeté qui parcourt les vastes champs de blé du Saskatchewan dans la ruralité canadienne, un lieu où l'enfance de Gordon Northcott a commencé et a pris racine. Oui, comme ces épis de blé, il a bourgeonné et poussé sous le même soleil impitoyable, dans le vent aiguisé qui parcourait les prairies canadiennes. Une plaine sèche, où la normalité a été broyée par l'aridité et l'austérité, ajoutant des flétrissures au caractère dépouillé qu'était le jeune Gordon. Une enfance parsemée d'indifférence et de malaise familial, un véritable terreau pour une personnalité déviante.

Quand les Northcott décidèrent de quitter l'aridité du Saskatchewan pour la Californie accueillante, c'est comme s'ils voulaient tenter de noyer les démons de leur passé dans l'océan Pacifique. Sa mère, une femme aux traits durs sculptés par la rudesse du climat du nord et par les épreuves de la vie, voyait le mouvement comme une chance de recommencer. C'était elle, le fil d'Ariane pour le jeune Gordon, la boussole qui dictait les caprices du vent et le faisait dériver avec elle. Le sud de la Californie, une terre bénie d'une douceur éternelle, de collines dorées et de vallées verdoyantes, les attendait. Si pittoresque et charmant, un contraste si marqué avec la dureté du Saskatchewan.

Si les paysages changeaient autour de Gordon, c'est l'intérieur qui restait en lui, toujours indemne, toujours souillé. Avec chaque panorama qui se dévoilait à travers le pare-brise de leur voiture, Gordon semblait toujours voir le monde avec les mêmes yeux. Un regard vide et impersonnel qui faisait frissonner les âmes sensibles. Quel genre d'homme était-il en train de devenir ? Voilà la question qui flottait dans l'air butée et interrogatrice.

Leur nouvelle vie a commencé avec l'acquisition d'une vaste terre à Wineville. Là, Northcott a entrepris la construction d'une poussinière, un projet qui a apporté un nouvel air de mystère à sa nature déjà énigmatique.

Une poussinière au milieu de nulle part, isolée, c'était comme un avant-gout de son désir de solitude et de mystère. La construction de la structure grandissante a été l'épicentre d'un grondement menaçant qui a commencé à parcourir la vallée. Un grondement qui a presque été perceptible par les habitants locaux qui commençaient à murmurer des hypothèses. Oui, des ragots et des rumeurs ont enflé dans le vent de la Californie du Sud, chacun d'eux mêlant le mystère de cette étrange famille canadienne qui avait débarqué dans leur ville.

Gordon, avec sa stature imposante et son regard profond et perçant, semblait être l'incarnation d'un malaise croissant. Un malaise qui colonisait les esprits, faisait grimper les tensions et se nichait dans le cœur des habitants de Wineville. Un personnage dont la présence créait des ombres plus longues et plus sombres que celles que la Californie avait l'habitude de voir. Son sourire manipulateur, ses regards inquiétants, tout en lui avait le don de perturber. Les habitants de Wineville sentaient ils au fond d'eux ce qui allait transformer leur paisible vallée en véritable cauchemar ?

Gordon a érigé sa barrière, sa forteresse sans tour, sans rempart apparent, mais tout aussi impénétrable. C'est à l'intérieur du cocon de solitude du ranch de poulets de Wineville que Gordon et son neveu, Sanford Clark, menaient une existence étrange, presque effrayante. Sanford, déraciné de sa Saskatchewan natale et envoyé par sa mère pour aider son oncle dans ce nouvel environnement californien. Une charge lourde sur les épaules d'un enfant de quinze ans, un poids qui, avec le temps, aurait des conséquences tragiques.

La poussinière de Gordon, avec son cortège incessant de peurs et d'étranges rituels avait rapidement pris le couleur du sang. Et Sanford, témoin impuissant d'abord, puis complice forcé confronté à la folie grondante de Gordon, subissait dans le même temps les traumatismes de la main brutale de son oncle. Des années qui ont laissé des traces indélébiles et des cicatrices éternelles sur sa personnalité en développement, ébranlant son innocence.

Les disparitions ont commencé à semer la panique parmi les communautés locales. Des petits garçons, tous semblables par leur âge et leur vulnérabilité, s'évanouissaient comme des fantômes. Walter Collins, les frères Winslow, et d'autres, des âmes égarées qui se sont retrouvées prisonnières du ranch de Gordon. Un ranch qui a lentement commencé à se teindre des couleurs sombres de l'abomination.

Sanford voyait et ressentait tout cela, le bruit sourd d'un coup de pelle la nuit, l'odeur de la peur qui imprégnait l'air, les cris étouffés et les pleurs disparaissant à la faveur de la nuit. Une torture silencieuse qui continuait à creuser dans son esprit déjà tourmenté.

L'enquête qui suivit, menée par les autorités locales, fit montre d'une incroyable lenteur. L'idée qu'une telle horreur pourrait se produire en leur sein était tout simplement inconcevable. Même les mères des disparus, comme Christine Collins, mère de Walter, ont dû mener un combat acharné pour convaincre les autorités de la vérité de leurs soupçons.

C'est lors d'une visite surprise que la sœur de Sanford, Jessie, a découvert l'horreur de la situation. Confrontée à la peur palpable de son frère et aux indices entrelacés de cet endroit macabre, elle a agi. Revenant au Canada, elle a alerté l'autorité concernée. Le spectre de la suspicion a pesé sur Wineville, une brume d'incrédulité qui a engendré une tension croissante.

La traque finale de Gordon Northcott, pourtant, ne sera pas racontée comme une chasse héroïque, mais comme un piège lentement resserré. Sa capture, sa condamnation et son exécution finale ont clairement marqué la fin d'une ère de terreur. Wineville, marquée par l'infamie de Northcott, changera de nom pour devenir Mira Loma, désireuse de tourner la sombre page de son histoire.

La poussinière restait là, un vestige, un monolithe de l'inhumanité de Gordon Northcott. Un rappel de l'homme dont le sourire manipulateur et les regards inquiétants ont défié les normes de la morale humaine. Sanford, le témoin et le survivant, portera à jamais le poids de son histoire, un poids ancré dans ses yeux, des yeux qui ne refléteront plus jamais l'éclat de l'innocence perdue.

Cette tragédie, c'est l'histoire d'une ombre de la Californie, où la noirceur de l'âme humaine a trouvé un terrain de jeu dans le ranch de Gordon Northcott à Wineville. C'est l'histoire d'âmes perdues et tourmentées, de secrets sombres et de vies brisées. Un récit qui restera gravé dans l'histoire criminelle comme un triste rappel de notre capacité à infliger l'horreur. Les sombres secrets de Wineville étaient sur le point d'être révélés.

Depuis le Canada, Jessie Clark avait expédié son fils de quinze ans, Sanford, chez son frère Gordon à Wineville, espérant que le travail à la ferme l'éloignerait des mauvais garçons dans les rues de Saskatoon. Mais ce n'avait pas été le cas. La vérité avait commencé à se révéler quand elle avait reçu une lettre perturbante de son fils.

Les lettres de Sanford parlaient de choses impensables : enlèvements, sévices et meurtres. Effrayée et incertaine, Jessie a décidé de faire le long voyage jusqu'à la Californie pour comprendre la vérité elle-même. De plus, elle a averti l'immigration américaine de son intention.

Dans le ventre de la vallée de Wineville, l'air était rempli d'une terreur étouffante. Par une chaude journée d'août, le sergent de police Lloyd Welch, sous le prétexte d'une enquête sur l'immigration, est arrivé à la ferme de Wineville.

Northcott, mal à l'aise, n'offrait pas d'invitation chaleureuse.

"Monsieur, il semble que vous auriez un de vos neveux ici illégalement," avait beginé Welch.

Le sourire sardonique de Northcott tomba à ce commentaire. Ses yeux fixes sur l'homme de la loi faisaient monter la tension.

"Je n'avais pas conscience que c'était illégal d'accueillir de la famille."

Pourtant, lorsque Welch demanda à parler à Sanford, Northcott s'est montré hésitant, amenant Welch à soupçonner qu'il cachait quelque chose.

Avec l'arrivée de Jessie Clark deux jours plus tard, tout a commencé à changer. Horrifiée elle a trouvé son fils Sanford sévèrement négligé et terrifié. Sa résolution s'est affermie, elle doit sauver son fils.

Lorsque Jessie et Sanford ont quitté la ferme pour contacter la police, la tension accumulée avait éclaté. Northcott avait disparu à l'arrivée de Welch, laissant derrière lui les preuves de ses crimes.

Sanford, maintenant sous la protection de la police, a commencé à raconter son histoire. Celle d'un oncle qui était non seulement un kidnappeur d'enfants mais aussi un assassin.

Chaque confession de Sanford dépeignait une image de plus en plus troublante de ce qui se passait réellement à Wineville. Welch, avec chaque révélation, se sentait plonger dans un cauchemar éveillé. Des détails hideux sur les enlèvements, les violences perpétrées sur des douzaines d'enfants, et les meurtres commis non seulement par Northcott, mais aussi par la propre mère de ce dernier, voilà ce qui était dissimulé derrière la façade champêtre de Wineville.

Le sombre secret de Wineville, tapis derrière la beauté des vergers d'oranges et des champs de foin dorés, avait été finalement mis au jour grâce à l'implication d'une mère dévouée, d'un fils qui cherchait désespérément à échapper à son calvaire et d'un sergent déterminé à faire régner la justice.

Du haut des cieux, les vautours survolant cette terre autrefois paisible, témoins silencieux du cauchemar qui se déroulait en dessous, semblaient être les seuls à ne pas être étonnés par les révélations. Après tout, ils survolaient le repaire d'un prédateur parmi les leurs, un qui avait réussi à le camoufler derrière une grille dorée.

Bien que le silence soit finalement brisé, le pire restait à venir. Les confrontations clés pour étayer le témoignage de Sanford, et la réalité effrayante de l'étendue des crimes de Northcott étaient encore à découvrir. Et alors que le paysage de Wineville perdait de sa couleur, la véritable ombre de Gordon Northcott commençait à se profiler.

La nuit est tombée sur le tribunal de Los Angeles, un silence effrayant enveloppe la salle. Les jurés sont rivés à leurs sièges, anxieux, prêts à entendre les ultimes révélations. Au milieu de la salle, Sanford Clark, le neveu de Northcott, se lève, enveloppé de sueur froide et de peur. Il se tient là, un jeune homme courageux prêt à livrer un témoignage qui ferait trembler la plus dure des âmes.

À travers ses mots bégayés, la salle d'audience apprend les horreurs inimaginables de Wineville. Il raconte avec une précision glaçante comment il a été forcé, sous la menace constante de son oncle, à assister, voire à participer à ces actes ignobles.

Le public retient son souffle. Les visages sont pâles. Les femmes ferment leurs yeux, les hommes serrent les poings. Les atrocités scandaleuses confessées par Sanford sont telles que même les plus aguerris des journalistes peinent à les consigner.

Pendant ce temps, Northcott, assis dans le box des accusés, affiche un sourire ironique, comme si les révélations de son neveu n'étaient que des contes. L'inhumanité de son comportement choque tous les témoins présents.

Sanford termine son témoignage, laissant un silence de mort dans la salle. L'officier de police, le sergent Lloyd Welch, lance un dernier regard vers le banc des jurés. C'est l'heure pour eux d'entrer en délibération. Le destin de Gordon Northcott est entre leurs mains.

Des heures s'écoulent, l'attente semble interminable. A son retour, le jury, perclus de fatigue et marqué par la lourdeur de l'acte qu'ils s'apprêtent à accomplir, annonce sa décision. La sentence tombe comme une massue : « Coupable des charges qui lui sont imputées, Gordon Northcott sera pendu jusqu'à ce que mort s'ensuivre. »

La salle d'audience explose. Northcott, jusqu'alors impassible, blêmit. Son sourire disparaît, laissant place à un visage défiguré par la peur. La tragédie de Wineville est enfin terminée, justice a été rendue. Le tyran de Wineville est vaincu, mais les cicatrices de ce chapitre sombre de l'histoire de Californie mettront du temps à se refermer. La terreur peut enfin laisser place à un semblant de paix.

Dans les dernières pages de ce chapitre macabre, nous assistons à la chute d'un monstre. Cependant, le chemin de la guérison pour ceux qui ont survécu à ses crimes est encore long et pénible. Leurs yeux disent tout, leur douleur, leur soulagement, leur résolution à se battre pour l'avenir. Mais aussi leur tristesse, celui d'une innocence perdue à jamais, emportée par les sombres desseins d'un homme. C'est sur ces images fortes que se termine la quatrième partie de cette histoire vraie, laissant une empreinte indélébile dans l'esprit de nos lecteurs.

Les années qui suivirent l'exécution de Gordon Northcott furent une époque sombre pour tous ceux qui étaient impliqués dans l'affaire. La ville de Wineville, autrefois un endroit idyllique, était maintenant un symbole triste d'une époque sombre. En 1930, dans un effort pour effacer son effroyable passé, la ville changea son nom en "Mira Loma".

Sanford Clark, le neveu de Gordon, fut reconnu comme victime par le tribunal et fut renvoyé au Canada. Il se joignit à l'armée pour servir pendant la Seconde Guerre mondiale, puis rencontra et épousa une infirmière canadienne. Il consacra ensuite le reste de sa vie à parler de son passé dans l'espoir d'aider d'autres victimes d'abus.

Pour le sergent Lloyd Welch, qui avait participé à l'opération qui avait conduit à l'arrestation de Northcott, le cauchemar de Wineville semblait ne jamais vouloir se terminer. Il était considéré comme un héros, mais la vérité était plus complexe ; son rôle dans ce dénouement violent le hantait. Les yeux des enfants qu'il avait aidé à libérer étaient gravés dans sa mémoire. Malheureusement, l'investigation qu'il mena révéla que les autorités locales, au mieux indifférentes, avaient ignoré des signes évidents de mauvais traitements sans prendre de mesures pour enquêter.

Ces événements ont laissé des cicatrices durables sur la communauté et ont changé à jamais notre compréhension de la maltraitance des enfants. Ils ont amené une enquête scrupuleuse sur la manière dont les cas de disparition d'enfants sont traités aux États-Unis, conduisant à la création de la base de données nationale sur les personnes disparues et non identifiées.

De manière plus large, l'horreur de Wineville a changé notre vision de la société elle-même. Il a exposé les sommets de la brutalité humaine que l'on pensait jusqu'alors impossibles dans une société civilisée. Cela a semé des graines de doute non seulement dans l'esprit du public, mais aussi dans ceux des responsables qui avaient la charge de protéger les citoyens.

Finalement, si l'histoire de Wineville nous apprend quelque chose, c'est la nécessité de rester vigilants. Pour chaque Gordon Northcott, il y a toujours un Sanford Clark, un témoin, un survivant prêt à se lever et à briser le silence. Et plus que tout, Wineville nous rappelle que le mal peut exister même dans les endroits les plus idylliques.

En fin de compte, nous devons tous nous rappeler de Wineville - non comme le symbole d'une monstruosité, mais comme un mémorial des vies innocentes perdues, et comme un rappel de la nécessité de protéger nos enfants, les plus vulnérables parmi nous, contre tous les dangers possibles - qu'ils soient visibles ou cachés. Les leçons tirées de la tragédie de Wineville sont aussi pertinentes aujourd'hui qu'elles l'étaient il y a près d'un siècle.

Note de Réflexion : La Maltraitance des Enfants et la reproduction du mal.

La figure macabre de Gordon Northcott domine l'histoire. Celle d'un tueur impitoyable caché derrière le voile de la ruralité américaine, profitant de l'innocence des enfants. Pourtant, derrière cette image sombre, des questions persistantes sur les racines d'une telle atrocité pointent. Northcott, lui-même, a été victime de maltraitance et de négligence pendant son enfance - un cycle tragique qui peut mener à un comportement violent dans le futur.

Dans cette histoire, au-delà du sensationnel et des horreurs, on devrait également se pencher sur l'importance de la question de la prévention de la maltraitance des enfants. Cela nous rappelle que le travail pour protéger les enfants des abus et de la négligence est continuel, essentiel et urgent.

Alors que nous faisons face à l'ombre de Northcott, il est impératif de se rappeler que chaque enfant mérite une protection contre la violence et les abus, et de faire tout ce qui est en notre pouvoir pour empêcher le prochain Northcott d'émerger.

Ian Brady et Myra Hindley : les meurtriers des Moors.

La naissance des brouillards glacés de l'hiver était déjà visible lorsque la lueur grisâtre du jour s'évanouissait lentement, laissant derrière elle une lueur blanche et froide.

Manchester dans les années 60 respirait à travers ses rues industrielles couvertes de suie, ses bâtiments usés par le temps et les sons distants des machines sifflantes. Et c'est ici, dans ce décor digne d'un Dickens redoutablement sombre et austère, que notre histoire prend racine.

Au milieu de ces rues agitées qui sentaient le charbon et la misère, vivait un homme du nom de Ian Brady, un homme aux secrets insondables. D'aspect plutôt ordinaire, son regard ciselé de saphir réservait une froideur glaciale qui pouvait faire frissonner même le plus endurci des gaillards. Brady n'était pas du genre bavard. Un passé tumultueux l'avait forgé en un individu introverti, perdu dans le labyrinthe de sa propre psyché troublée. Chaque soir, après avoir glané sa pitance quotidienne, il passait des heures dans un pub local à l'ambiance aussi sombre que son esprit.

C'est dans ce sanctuaire de solitude brumeuse qu'il fit la connaissance de Myra Hindley, une jeune femme à l'apparence tout ce qu'il y a de plus banal, mais dont l'âme avait le désir irrépressible de dépasser la grisaille monotone de sa vie. Myra cherchait l'excitation, une étincelle, même si cette dernière venait des contrées les plus sombres de l'existence humaine. Brady, cet homme aux idées aussi noires que la nuit mancunienne, devint cette étincelle pour Myra. Leurs conversations nocturnes se faisaient dans le murmure des illusions perdues, évoquant des actes odieux qui n'auraient dû rester que des fantasmes. Mais impérieuse était la tentation pour eux de concrétiser ces pensées abjectes. Et c'est ainsi qu'une danse sinistre commença à se dessiner entre eux, chorégraphiée par leurs pulsions morbides et une fascination effroyable pour le mal. C'étaient des conversations de l'ombre, des mots dits à mi-voix qui avaient le pouvoir de tordre le réel. Et c'est dans cette obscurité que naquit leur pacte macabre.

C'est ainsi que la ville industrielle grise de Manchester, déjà accablée par son triste environnement et sa misère générale, allait donner naissance une danse morbide et impitoyable. Leurs voix s'évanouissaient dans le crépuscule alors qu'ils préparaient leurs plans malfaisants, laissant le paysage industriel durer un peu plus dans l'ombre de la nuit. Alors que les premières neiges de l'hiver commençaient à tomber sur Manchester, le froid qui pénétrait le cœur des habitants n'avait rien à voir avec la température extérieure. Insidieusement, une menace se profilait sans que personne ne le sache encore, et cette menace portait deux noms : Ian Brady et Myra Hindley.

La pluie avait commencé à battre contre les fenêtres bleues et sombres du pub local, où Brady et Hindley ont continué leurs longues discussions nocturnes. Bien que résolus à ériger un monument à leur perversion, ils rencontrèrent leur premier obstacle : la peur. Ils pouvaient douter du monde, mépriser l'humanité, cracher sur l'amour et la compassion, mais à leur niveau le plus élémentaire, ils craignaient toujours la punition. Discipliner leurs esprits déjà tourmentés contre cette peur était leur premier objectif. Le métier de Brady au marché aux poissons l'aidait à garder une image respectée parmi les siens, leur conférant une façade de normalité pour masquer l'obscurité de leur vie privée. Cependant, l'enfance troublante de Myra, marquée par la violence et l'abus, a formé un spectre qui a continué à la hanter, même en tant qu'adulte. Leur dialectique pernicieuse se transforma en un cercle vicieux de manipulation et de coercition, avec Brady manipulant constamment Myra à travers sa propre psyché torturée.

Jour après jour, leur obsession avec le mal grandissait, forgeant un lien indissoluble entre eux. Ils ont commencé à explorer diverses méthodes d'infliction de douleur et de mort, leur intérêt commun pour la mort, devenait une passion cruelle qui allait bientôt donner naissance à leur première victime : Pauline Reade.

Pauline était une adolescente insouciante de la même localité, quelqu'un qui connaissait le dur travail du quotidien, mais qui portait ses rêves avec un espoir incassable. Mais son chemin allait malheureusement croiser celui de Brady et Hindley. Un soir d'été froid, Pauline rentrait chez elle quand elle fut abordée par Myra. Brady était assis dans une voiture à proximité, observant de loin. La camarde dansait son macabre ballet alors que Myra conduisait l'adolescente dans une plaine reculée, se référant à une fausse histoire. Avant que Pauline ne puisse comprendre le piège, Brady a fait son apparition.

La voiture partie, la plaine était déserte, avec pour seuls spectateurs les arbres sinistres et le ciel orageux. Les épines du regret et de la peur commençaient à creuser la peau de Pauline tandis que Brady mettait en action le sinistre plan.

C'était le commencement du désespoir, le début d'un sommet sombre maléfique, le commencement de l'horreur pour Manchester. Le froid avait englouti Manchester, donnant à la cité industrieuse une allure sinistre et glaciale. Mais le froid extérieur n'était rien comparé à la terreur qui s'emparait lentement des cœurs. Les noms de John Kilbride et Keith Bennett étaient sur les lèvres de chacun. Deux garçons innocents, disparus comme engloutis par le brouillard glacial. Ian Brady et Myra Hindley observaient tout cela de leur fenêtre, repoussant sans cesse les limites de leur intégrité morale. Les décisions qu'ils avaient prises se reflétaient maintenant dans les regards effrayés des gens autour d'eux. Leurs actes sordides étaient un poison qui infestait la ville, les conséquences de leur désir morbide de commettre le crime parfait. La peur habitait les rues, le danger était présent chaque jour alors que la liste des enfants disparus continuait à s'allonger. La terreur se mêlait à la tristesse lorsque les noms des victimes étaient annoncés ; une symphonie de peur que nul ne pensait jamais entendre à Manchester. Chaque aveu enregistré, chaque secret partagé, donnait lieu à plus de questions que de réponses. La vérité était devenue un motif obsédant dans la toile de mensonges qu'ils avaient tissée, une bête insaisissable qui restait toujours hors de portée, malgré les efforts de la police.

Le premier indice est finalement tombé telle une bombe. Un témoignage qui a mis en lumière une voiture blanche vue à proximité de chaque disparition. L'engrenage policier s'est mis en marche, dirigeant ses soupçons vers le couple Brady-Hindley. La confrontation était imminente. Puis vint le jour où tout a changé. Un spectacle de terreur inimaginable. Les rubans de la bande magnétique tournant, le silence suffoquant dans la pièce alors que la voix enfantine suppliante résonnait. La police écoutait, glacée par l'horreur, tandis que la vérité émergeait des abysses. Les fissures commençaient enfin à apparaître dans l'arrogance de Brady et Hindley. La pression montait alors que les masques tombaient, révélant pour la première fois les véritables monstres qui se cachaient derrière. Cela devenait une course contre la montre alors que la police s'efforçait de relier les points. Chaque connexion tracée, chaque morceau de preuve examiné, rapprochait d'un peu plus la capture du duo mortel.

Les confrontations entre la police et Brady-Hindley se faisaient de plus en plus fréquentes et tendues. La peur de l'exposition ultime les poussait à commettre des erreurs, offrant ainsi à la police une lueur d'espoir dans l'énigme tragiquement complexe. La véritable nature de ce qui hantait Manchester commençait à se révéler, les visages innocents des enfants disparus synthétisés en une sombre réalité. Une panique écrasante parmi les citoyens, une course effrénée de la police pour apporter la justice, et deux tueurs qui tentaient désespérément de garder leurs secrets sombres.

Les soirées d'antan où les enfants jouaient en matches de football improvisé dans les rues, où ils s'attardaient si longtemps, sont maintenant réduites au silence. Elles sont en couches tôt et les rues sont désertes. Le spectre de la mort plane sur chaque coin de rue, chaque école, chaque maison. Un frisson de terreur parcourt l'échine des habitants, personne n'est en sécurité tant que le monstre rampant n'est pas en cage. La police est sous pression. Les réunions au poste sont électrifiées par l'urgence et la frustration. Des dossiers d'enfants disparus s'empilent, des photos d'innocents souriants frappent chaque officier en plein cœur. Chaque porte où ils ont dû annoncer ce que personne ne souhaite entendre les hante. Et pourtant, mêlée à cette douleur, brûle une détermination sans faille - à trouver l'assassin et obtenir justice pour ces âmes perdues.

Pendant ce temps, à Hattersley, debout sur une lande brumeuse, Myra Hindley, le cœur palpitant, les yeux rivés sur Ian Brady alors qu'il creuse une tombe, comprend l'immensité de l'horreur qu'ils ont forgé ensemble. Les meurtriers des Moors, comme l'histoire les appellerait plus tard, ont commis l'irréparable. Pourtant, ils ressentent une excitation malsaine, un sentiment de puissance et de contrôle.

Mais en ce jour funeste, les fils de leurs péchés commencent à se dénouer. Un signal d'alarme retentit lorsque les enregistrements de leurs crimes découverts chez eux, dans les rets d'une fouille policière de routine, sont joués. Les rires pervers captés, les pleurs des victimes, et leurs propres voix, fidèlement enregistrées et conservées comme de macabres trophées, resonnent dans la salle de briefing silencieuse du commissariat. L'air se fait lourd et le cœur des officiers se serre à la révélation : ils ont leurs monstres. Ian Brady et Myra Hindley. Ils peuvent enfin mettre des noms sur ces ombres qui terrorisaient Manchester. L'arrestation de Brady et Hindley est aussi dramatique qu'elle est urgente. Les détectives, le cœur lourd mais la détermination inébranlée, descendent sur leur domicile. Leur arrivée est monumentale, les moindres recoins de leur tanière sont fouillés, laissant apparaître l'horreur dans son intégralité.

Les habitants regardent, terrifiés, alors que le couple est amené menottes aux poignets, la tête baissée et la dignité brisée.

L'annonce de leur arrestation est accueillie avec soulagement mais éclipse une vérité terrifiante : certains corps n'ont pas encore été trouvés. La nouvelle se propage dans toute la ville, emportant avec elle des sentiments mêlés d'horreur, de soulagement et de deuil. Les meurtriers des Moors sont enfin en cage. Mais, alors que Manchester respire un gros soupçon de soulagement, la chasse aux corps perdus continue. Et avec cette réalité, le douloureux rappel que le cauchemar n'est pas encore fini, mais à tout le moins, il a enfin un visage.

Dans le cœur effroyablement sombre de le Manchester, Ian Brady et Myra Hindley se retrouvent derrière les barreaux en réponse à leur série de meurtres macabres. La Grande-Bretagne exhale, même si la brume glaciale de leurs crimes continue de s'étendre sur les landes désolées des Moors. Leur légende terrifiante vit à travers les décennies qui suivent, un memento mori se tenant sur les plaines sombres des Moors, un rappel pérenne que le mal habite parmi nous, souvent revêtu des masques les plus banals. Même lorsque les clés de la prison se tournent et que les portes de l'acier se verrouillent derrière eux, l'ombre de leur infamie continue à étouffer la ville de Manchester.

Brady et Hindley passent le reste de leur vie en prison, leurs noms synonymes d'une horreur qui dépassait l'imagination d'une nation. Hindley, l'enfant chérie une fois déguisée en douceur, se mue en un spectre aux cheveux gris, les années ravageant son extérieur, mais laissant ses yeux aussi glacés que la pierre des Moors. Brady, l'homme qui rêvait d'un délice né de l'horreur, réside en retrait, un paria parmi les parias, ses actes repoussant même ceux qui enfreignaient la loi. Le chuchotement de leurs noms s'éteint lentement dans le brouillard de leurs actes impensables. Mais quelque part dans la sérénité tragique des Moors, la mélodie cruelle de cette danse macabre continue de résonner. Les fantômes de Keith Bennett et John Kilbride hantent les landes, un écho silencieux d'innocence perdue, leurs vies prématurément éteintes par une paire de mains que personne n'aurait jamais soupçonné.

L'histoire de Brady et Hindley est moins une chronique de la démence criminelle que le portrait déchirant d'une société qui permit à un tel mal de proliférer au sein de ses rues grises et de ses maisons austères. Ils sont l'avatar maléfique de leurs contemporains, un spectre imprévu qui s'est levé sans avertissement, renversant violemment le voile de la normalité pour révéler la noirceur horrible qui se cachait en dessous. En fin de compte, les meurtres des Moors sont un miroir obscur dans lequel la Grande-Bretagne des années 1960 aurait pu se contempler. Par diverses lentilles historiques, culturelles et sociologiques complexes, la véritable nature du crime est mise en évidence, exposant le gland qui a permis à ces horribles chênes de croître. Brady et Hindley ne sont pas que des tueurs, ils sont les produits de leur environnement, des enfants de leur époque. Leurs actes, bien que monstrueux, sont le résultat d'une sorte de mélange chimique vil qui les a transformés en monstres. Ce n'est pas pour exonérer leurs actions ni pour susciter de la sympathie pour eux mais simplement pour comprendre que le mal est rarement inné, mais plutôt qu'il bourgeonne dans les conditions les plus sombres. Dans nos cœurs, nous voulons croire que l'horrible est l'exception, l'anomalie. Pourtant, comme le montrent Brady et Hindley, la vérité est que le mal existe, tapi dans l'ombre, attendant son moment pour s'abattre sur le monde inattendu.

Mais ce que cette histoire nous enseigne aussi, c'est que la lumière l'emporte toujours sur l'obscurité, même si le coût peut être lourd. Les jours passent, les saisons changent, et le Manchester des années 1960 n'est plus. Les spectres de Brady et Hindley se fanent, leurs images effrayantes prennent progressivement leur place parmi les légendes noires de l'histoire britannique. Cependant, ils laissent derrière eux un avertissement solennel gravé dans les Moors, une ode à la vigilance constante contre le mal qui pourrait se cacher à notre porte. Le disque ronceux est retourné, la chanson durant laquelle ils dansaient est terminée. Brady et Hindley sont relégués en présence fantomatique, un souvenir amer dans une nation autrement douce. À travers leur histoire sordide, nous sommes invités à réfléchir sur la véritable nature du crime et de la moralité, et à observer comment les plus sombres des actes peuvent émerger des endroits les plus ordinaires. Nous constatons que le mal est une aberration, pas toujours apparente à l'œil nu, mais révélée dans les moments les plus choquants.

Note de Réflexion : Les Masques du Mal.

Dans l'histoire « Ian Brady et Myra Hindley : les meurtriers des Moors », nous peignons le portrait d'un duo qui a marqué l'histoire par leurs actes horribles. Ce qui fascine et horrifie tout à la fois dans cette histoire, ce sont les apparences trompeuses.

À première vue, Brady et Hindley étaient des individus ordinaires, intégrés dans leur communauté. Pourtant, derrière cette façade de normalité se cachait une noirceur impénétrable, alimentée par une fascination perverse pour le crime. Il est important de se rappeler que, malgré leur comportement inhumain, Brady et Hindley étaient des êtres humains. Comprendre cela ne signifie pas excuser leurs crimes. C'est néanmoins une démarche nécessaire pour nous permettre d'explorer les plus sombres abysses de la nature humaine et d'essayer de comprendre ce qui peut pousser une personne à commettre de tels actes.

Cette histoire est une invitation à garder un esprit ouvert et curieux, mais également critique et prudent. Le mal ne se présente pas toujours ouvertement. Parfois, il porte le masque de l'ordinaire, dissimulant les plus sombres desseins derrière les visages les plus anodins. Les actes de Brady et Hindley représentent le côté le plus sombre de l'humanité, mais leur histoire nous rappelle que l'humanité a aussi la capacité de comprendre, de persévérer et, finalement, de chercher la justice.

Jerry Brudos : Le Fétichiste des Chaussures.

En ce début des années quarante, au cœur de la tranquille bourgade de Webster, dans le Dakota du Sud, vivait une famille tout ce qu'il y a de plus ordinaire : les Brudos.

Le père, simple ouvrier, ne faisant preuve d'aucune excentricité particulière, était l'image même de l'homme au travail, dont l'existence s'articulait autour de son ouvrage et du peu de temps qu'il pouvait consacrer à sa famille. Quant à la mère, femme au foyer, elle était réputée pour sa discipline écrasante, imposant son autoritarisme aux moindres recoins de leur modeste demeure. C'est sous ce toit que grandissait leur fils unique, Jerry. Jerry Brudos...

Si ce nom ne résonne pas encore pour vous, attendez de savourer le parcours hors du commun de cet enfant, au regard trop mature pour son jeune âge, qui grandissait dans l'ombre oppressante d'une mère au dédain permanent. Sans jamais lui témoigner d'amour, elle le repoussait de jour en jour dans un silence troublant. Littéralement absent, le père de Jerry n'était d'aucune aide, laissant l'enfant seul face à cette mère, qui entre deux corvées, arborait un air de froide amertume.

Les Brudos habitaient une maison en bois qui avait connu des jours meilleurs, peinture écaillée, laissée à la merci des affres du temps. L'ambiance austère du lieu, renforcée par les pièces mal éclairées et par une présence humaine presque invisible, renvoyait une impression de pesanteur. Encore plus insoutenable, la chambre de Jerry, dépouillée de tout sauf du strict nécessaire, semblait être plus une cellule qu'un lieu d'épanouissement pour un enfant.

Jerry, garçon introverti de nature, était dès lors un paria en devenir, avec une solitude qui pesait de plus en plus lourd sur son âme déjà trop marquée. Pourtant, malgré ce dédain maternel qui pouvait glacer le sang, une lueur d'innocence restait visible dans les yeux de ce bambin dont l'enfance s'étiolait à mesure que ses obsessions dérangeantes prenaient formes. Tout a commencé par une fascination infantile pour les chaussures de sa mère, objet du quotidien qu'il voyait soudain différemment. Petit à petit, sa curiosité s'intensifiait de manière étrange pour une obsession qui allait tôt ou tard, le mener vers les sentiers ombragés de la transgression. L'attirance que Jerry éprouvait pour ces attributs si féminins était un fantasme grandissant, une névrose naissante nourrie par les carences affectives de ses premières années.

L'école n'offrait à Jerry aucun réconfort. Ennuyé par les leçons monotones et par l'indifférence des autres élèves, il préférait s'évader dans ses pensées, toujours centrées sur cette émotion suscitée par la sensualité inattendue d'une paire de chaussures à talons hauts. Intériorisant ses désirs, il rêvait sans cesse à ces objets de son fantasme, en commençant par les voler, petit à petit, aux amies de sa mère. Ainsi, à l'abri des regards, s'ébauchait le sombre parcours de Jerry Brudos, un enfant solitaire dont on ignore encore la destinée tragique qui le guette.

L'adolescence constitue souvent une période de remise en question profonde, une transition émotionnelle qui marque la fin de l'enfance et le début du voyage semé d'embûches vers la maturité. C'est durant ces années cruciales que la distorsion se creusa encore davantage entre Jerry Brudos et le reste du monde. Le jeune garçon qui avait autrefois regardé avec fascination les chaussures de sa mère, était maintenant un adolescent en proie à des pulsions incontrôlées, ses fantasmes prenant une dimension de plus en plus inquiétante.

Dès son entrée au lycée, Jerry se distinguait par son comportement distant, évitant le contact avec les autres élèves. Son hobby singulier, déjà incompréhensible pour un enfant, prenait désormais une tournure plus sombre. Si auparavant, il se contentait de voler les chaussures des amies de sa mère, il s'en prit maintenant à ses camarades de classe. Sa première victime, une jeune fille nommée Mary, se souvint de lui comme d'un jeune homme timide mais perturbant. Par une journée fraîche d'automne, elle avait remarqué que sa seconde paire de chaussures, qu'elle gardait dans son casier, avait disparu. Elle n'y prêta pas plus d'attention, pensant les avoir simplement égarées. Elle ne sut jamais que c'était Jerry qui les avait subtilisées, et encore moins l'usage qu'il faisait de sa trouvaille.

Dans la petite chambre qui servait de refuge à Jerry, un rituel obsédant prenait forme. À chaque nouvelle acquisition, la même routine se déroulait : Jerry prenait les chaussures, les caressait, les reniflait, se laissant emporter par les sensations qu'elles évoquaient. Puis, il les portait, foulant du pied le plancher en bois craquant de sa chambre, prenant une identité éphémère qui n'était pas la sienne.

Ces rituels se répétaient encore et encore, nourrissant le besoin croissant de Jerry à frôler l'intimité féminine, toujours hors de portée. Les années passèrent, mais la fixation de Jerry ne s'éteignit pas. Au contraire, elle s'amplifia au rythme des nouvelles chaussures qu'il ajoutait à sa collection. Sans être méchant ou violent, il restait solitaire, muré dans son monde. Ses parents avaient longtemps choisi de fermer les yeux sur l'étrangeté de leur fils, pris dans leurs propres problèmes.

Pourtant, leur ignorance n'allait être que de courte durée. Un jour d'avril, la vérité éclata au grand jour.

La mère de Jerry découvrit par hasard sa terrifiante collection. Ce ne fut pas tant le nombre qui l'épouvanta, mais plutôt l'implication de ces chaussures, qui la ramena à l'amère réalité : son fils, l'enfant qu'elle avait porté, nourri et élevé, était constamment en quête de ces objets féminins, faisant d'eux un fétiche maladif. Loin de consoler son fils ou de chercher des solutions, elle choisit la voie de la punition. Elle jeta violemment la collection de chaussures et consigna Jerry dans sa chambre, l'obligeant à confronter l'aspect dérangeant de ses désirs. Isolé, puni et désemparé, Jerry se retrouvait à la croisée des chemins, confronté à la réalité sombre de ses pulsions. Que choisira-t-il face à cet ultimatum ? Résistera-t-il à ses démons ou cédera-t-il à ses pulsions abjectes ? Seul l'avenir déterminerait la destinée de Jerry Brudos, l'homme qui allait devenir le tristement célèbre "fétichiste des chaussures". Avec chaque battement de son cœur, les pulsions de Jerry Brudos devenaient plus sombres, plus sournoises. De voler des chaussures et de la lingerie, sa convoitise déviante le poussait vers des terres inconnues de perversion. Comment pourrait-il assouvir ces désirs ardents qui le hantaient la nuit ?

Il savait qu'il ne s'agissait pas de simples chaussures cette fois-ci, il voulait plus. Il souhaitait la chair vivante enveloppée par ces chaussures féminines qu'il adorait tant. 1968, la réponse à sa question abominable s'est présentée sous la forme d'une innocente vendeuse de porte à porte, Linda Slawson. Jeune et dynamique, Linda était venue présenter un ensemble d'encyclopédies à Jerry. Un regard suffit pour que ses pensées basculent vers son monde sombre. Sans qu'elle ne réalise ce qui lui arrivait, Jerry l'avait emmenée dans son garage. Ce soir-là, il franchit le point de non-retour. Le meurtre de Linda n'était que le premier d'une série de crimes horribles que Jerry allait commettre cette année-là. Karen Sprinker, Jan Whitney, Linda Salee, toutes jeunes, toutes ravies par le fétichiste des chaussures. Il prenait des photos macabres de leurs corps nus, les habillant de lingerie et de talons hauts, ses trophées macabres. Ses expéditions tordues passèrent du vol à la fosse mortelle qui cachait les corps de ses victimes.

La tension dans la maison Brudos était à son paroxysme. Des secrets enfouis minaient silencieusement sa relation avec sa compagne, Darcie. Ses absences nocturnes, son obsession déconcertante pour les chaussures, rien n'échappait à l'attention de Darcie. Mais la peur de l'inconnu l'empêchait d'affronter Jerry, laissant la bête à l'intérieur de lui se déchaîner contre les innocents. Alors que Jerry nourrissait son appétit morbide, une sombre réalité se formait autour de lui.

Des disparitions de jeunes femmes étaient signalées. Le FBI commençait à enquêter. Les rumeurs circulaient sur un éventuel tueur en série dans la région. Jerry se retrouvait pris dans l'engrenage de sa propre noirceur qu'il avait façonnée. En secret, le FBI prenait des mesures pour localiser le tueur. Alors que Jerry tentait de maintenir sa vie normale limitée, la façade impeccable commencée à s'écrouler lentement. Le carnage continuait. Le temps semblait s'écouler lentement, chaque battement de coeur pourrait être celui qui révélerait sa véritable nature. La vie de Jerry est ainsi devenue un jeu macabre du chat et de la souris avec la justice. Chaque jour était une lutte pour cacher ses secrets, pour empêcher que ses fantasmes sombres ne soient révélés. Dans l'ombre, il continuait à succomber à ses pulsions meurtrières, faisant des victimes tout en esquivant la vérité imminente. Dans ce tourbillon de chaos, la vie de Jerry était sur le point de se heurter à une vérité inévitable. Les conséquences de ses actes horribles s'amoncelaient silencieusement, prêtes à éclater. Le crépuscule approchait pour Jerry Brudos, le Fétichiste des Chaussures. Son monde de perversion et de violence était sur le point de se dévoiler.

La tension est à son comble dans le quartier résidentiel de Salem, Oregon. La terreur s'est propagée comme une traînée de poudre, avec l'atmosphère électrique de la peur. Sur le pas des portes, dans les écoles, au bureau du médecin, il était devenu impossible d'échapper aux nouvelles terrifiantes. Quelqu'un marchait parmi eux, un loup en peau d'agneau, cachant une double vie meurtrière.

Le FBI, ayant été impliqué dans l'affaire, n'avait qu'une poignée de preuves en désordre. L'agent spécial Lawrence, un vétéran grisonnant avec des yeux vifs et énergiques, dirigeait l'enquête. L'agent spécial Lawrence notait chaque détail, chaque anomalie dans les rapports de police, chaque témoignage et applicable à chaque scène de crime. L'organisme étendait son emprise. Ils savaient qu'ils étaient sur le point de découvrir l'identité de ce monstre, mais ils devaient se hâter. Les rues ne seraient pas en sécurité tant que ce tueur n'aurait pas été enlevé. Pendant ce temps, Jerry Brudos tremblait et transpirait dans le confort de sa maison. La peur et un sentiment de paranoïa l'avaient emparée, alors qu'il sentait l'étau se resserrer autour de lui. Il avait la sensation soudaine qu'une main froide se refermait lentement mais sûrement sur lui, ne laissant aucune place à l'évasion. Sa femme, Darcie, à l'insu de tout, continuait de vivre la vie, ignorant les tempêtes qui se préparaient.

Et puis, ce soir-là, cela arriva. Un coup fort et régulier résonna à la porte de la maison Brudos. Jerry ouvrit la porte pour se retrouver face à l'agent spécial Lawrence, flanqué de deux autres agents du FBI. Le visage de Lawrence était impénétrable, insondable comme une mer durant la tempête. Il y avait dans ses yeux déterminés une étincelle qui parlait d'une connaissance. Jerry savait à ce moment-là que le jeu était fini. Il fut arrêté et amené à la station. Jerry nia instantanément tout meurtre. Il resta donc fermement sur sa position, malgré les preuves rassemblées par le FBI. C'était dans les chaussures, ses reliques précieuses qui scelleraient enfin son destin. Des éclaboussures de sang appartenant à l'une des victimes furent découvertes sur une paire de chaussures qu'il avait volées. La montagne de preuves contre Jerry commença alors à croître. Des co-détenus avaient rapporté qu'il se vantait ouvertement de ses meurtres. Ses propres photographies de fétichisme du pied que le FBI avait trouvées dans son garage étaient des scènes de crime. Et pour couronner le tout, une victime potentielle avait réussi à échapper à Jerry avant qu'il ne puisse la tuer, et l'avait identifié formellement. La dénégation de Jerry n'était plus crédible. Alors que son avocat le pressait de plaider coupable et d'échanger son témoignage contre une peine réduite, Jerry demeura immobile.

Le jour du jugement arriva. Jerry était assis dans le box des accusés, les yeux vides fixant droit devant lui alors que le tribunal prononçait son verdict. "Coupable", retentissait comme un coup de tonnerre dans l'enceinte du tribunal. Jerry fut condamné à la réclusion à perpétuité, évitant de peu la peine de mort grâce à un technicité de la loi de l'Oregon. C'était la fin de l'ère du monstre solitaire de Salem, Oregon. C'était la fin de l'ère de Jerry Brudos.Pendant plus de trois décennies, l'ombre de Jerry Brudos a régné dans les couloirs de l'Oregon State Penitentiary. Ses pas lourds résonnant sur le sol de béton, rappelant aux autres détenus l'horreur qui est toujours en vie au sein des murs de la prison. Malgré l'incarcération, la vraie bataille de Jerry ne faisait que commencer. Enfermé avec ses propres démons, il ne pouvait plus se cacher de la vérité de ses actes, aussi brutales et révoltantes soient-elles. Il n'y avait plus de chaussures à prendre, plus de femmes à dominer, plus de corps à photographier. Il n'y avait plus d'obsessions à nourrir, seulement des barreaux de fer et le regard haineux des autres prisonniers. Si seulement Jerry avait pu affronter la vérité de ses actes au lieu de se perdre dans un labyrinthe de déni et de justifications. Mais même dans sa cellule, Jerry trouvait un moyen de nier sa véritable nature.

Sa femme, Darcie, a lutté dans son propre conte de fées déformé. Elle l'a d'abord soutenu, tentant de comprendre les actes monstrueux de son mari. Mais à mesure que la réalité de sa double vie se révélait sous de multiples facettes, elle a fini par se détacher de Jerry, décidant d'élever leurs enfants loin de l'ombre oppressante de leur père. Jerry a finalement rencontré la mort le 28 mars 2006, emporté par une insuffisance hépatique. L'annonce de son décès n'a pas suscité de remords parmi les habitants de l'Oregon. Plutôt, une certaine forme de soulagement.

La bête avait été vaincue, mais les cicatrices qu'elle avait laissées continuaient de torturer les esprits. En regardant en arrière dans la vie de Jerry Brudos, une question persistante se présente. Comment un garçon, fasciné par les chaussures féminines en haute couture, s'est-il transformé en un tueur en série impitoyable? La réponse réside peut-être dans les abîmes sombres de son passé, dans la manière dont une mère a façonné l'esprit et les désirs de son fils. Peut-être que la réponse réside dans le fait d'avoir été ignoré, maltraité et non compris par le monde qui l'entourait. Peut-être que la réponse n'est pas aussi simple que noir et blanc.

L'histoire de Jerry Brudos nous laisse une chose : une leçon importante sur les conséquences de l'ignorance et du rejet, sur l'importance de comprendre les problèmes psychologiques dès l'âge le plus tendre. Derrière chaque monstre, se cache un enfant blessé. Un enfant qui a été laissé seul et mal aimé, un enfant qui craignait le monde qui l'entourait. Un enfant qui, sans aucune guidance appropriée, a succombé à ses désirs les plus sombres, créant un monstre que le monde n'est pas près d'oublier. Jerry Brudos, le fétiche des chaussures, restera gravé dans les annales de l'histoire criminelle en tant que rappel vivant de l'importance de l'amour et de la compréhension dès le plus jeune âge. Au bout du compte, Brudos est parti dans l'anonymat d'une cellule de prison, en laissant derrière lui une traînée de souffrance et de douleur, des vies brisées et des familles déchirées. Il avait beau être parti, son fantôme continuait à hanter le monde bien au-delà de sa propre existence.

Note de réflexion : Regarder Au-Delà du Monstre.

La violence sérialisée comme celle de Jerry Brudos est un sujet naturellement dérangeant, mais essentiel à examiner pour trouver des solutions à la violence extrême. Au-delà de la fascination morbide suscitée par Brudos et ses crimes, le thème sous-jacent de notre histoire est l'effet dévastateur d'une enfance abusive et négligée. Sa mère abusive et dédaigneuse, son père désintéressé et absent ont tous joué un rôle dans la formation de l'homme qu'il est devenu. La lecture atteste des forces puissantes et souvent invisibles qui façonnent un individu. Des circonstances qui sont parfois négligées ou délibérément ignorées, conduisant à des horreurs inimaginables.

Dans ce contexte, notre histoire, bien qu'elle soit celle d'un tueur, est aussi un appel à l'empathie et à la prise de conscience. Un appel pour ne pas fermer les yeux sur la violence émotionnelle et pour toujours chercher à comprendre les causes profondes de la violence, afin que nous puissions un jour prévenir de tels actes barbares.

Épilogue.

Alors que nous refermons les pages de ce troisième opus, une sensation de réflexion nous accompagne, témoignant de notre plongée encore plus profonde dans les abysses du crime. Ce périple à travers les récits de tueurs en série encore plus énigmatiques et redoutables nous a menés sur des chemins tortueux, où se croisent l'effroi, la perplexité et, parfois, une compréhension inattendue.

Ces histoires, bien que conclues dans ce livre, continuent de résonner dans nos esprits et nos cœurs. Elles nous confrontent à l'incompréhensible nature du mal, à la capacité terrifiante de l'esprit humain de sombrer dans l'horreur, tout en interrogeant notre propre réponse en tant que société face à de telles atrocités. Ces récits rappellent que chaque acte criminel dissimule une histoire humaine, parfois tragique, souvent complexe.

Ce troisième tome, comme les précédents, rend hommage aux victimes oubliées. Ces pages, empreintes d'obscurité, sont une tentative de donner une voix à celles et ceux qui ne peuvent plus parler, de briser le silence qui entoure leur souffrance, et d'offrir un peu de paix à ceux qui restent. Chaque histoire a été racontée avec un profond respect, dans l'espoir d'apporter une lumière là où l'ombre a longtemps régné.

En tant qu'auteur de ce livre, je reconnais la lourdeur et l'importance de ce voyage. Confronter ces aspects sombres et souvent évités de l'humanité n'est jamais aisé, mais c'est une démarche essentielle. C'est dans cette confrontation que nous pouvons découvrir une lumière inattendue : une compréhension plus nuancée de la nature humaine et une appréciation renforcée pour la préciosité de chaque vie.

Je vous remercie de m'avoir accompagné dans cette exploration troublante. J'espère que ces histoires vous ont non seulement offert une lecture captivante, mais aussi apporté une réflexion profonde sur la condition humaine et les défis de notre société. Que cette lecture ne soit pas la fin d'un récit, mais le début d'une prise de conscience.

Je vous invite à partager vos impressions et vos réflexions sur Amazon. Votre soutien et vos commentaires nous aident à poursuivre cette aventure et à partager ces histoires essentielles. Pour laisser votre avis, il vous suffit de scanner le QR code ci-dessous :

Dans l'attente de vous retrouver pour de nouvelles histoires, je vous souhaite de rester curieux, engagés et toujours en quête de vérité.

À très bientôt pour de nouvelles histoires…

Dans la même collection.

Découvrez Plus de Mystères et d'Intrigues. Si les pages de ce livre vous ont captivé, votre voyage ne doit pas s'arrêter ici. Nous avons préparé pour vous une sélection de livres tout aussi captivants, chacun explorant les recoins sombres et complexes du true crime.

Pour découvrir ces autres œuvres passionnantes, il vous suffit de scannez le QR code ci-dessous. Vous serez dirigé vers une collection soigneusement sélectionnée de nos meilleures publications, chacune promettant de vous emmener dans un nouveau voyage à travers des histoires mystérieuses.

Que vous soyez un amateur de mystères non résolus, un passionné d'histoires criminelles réelles ou simplement un lecteur en quête d'aventures palpitantes, notre collection saura répondre à votre curiosité. N'attendez plus pour étancher votre soif de savoir. Plongez dans notre collection et continuez à explorer le monde du true crime.

Le Corbeau Édition.

Printed in Great Britain
by Amazon